新しい
韓国の
文学

10

世界の果て、彼女

キム・ヨンス＝著

呉永雅＝訳

もくじ

君たちが皆、三十歳になった時

油絵の具のようにこってりしたコバルトブルーの光を、空の高みに押し上げるように東の風が吹いてきた。思わず目を閉じてしまうような、五月の澄み渡った夕暮れの風だった。目をうっすら開けて山のふもとを見ると、夕闇に包まれるソウルの風景、宝石を散りばめたように点々ときらめく灯りの波があり、顔をあげると、まだ青に赤みがかった広大な光の空間が見えた。視線を動かしただけなのに、まるで地球から宇宙にぬっと頭を突き出したような感じがした。輪廻という言葉は三年に一度思い出すかどうか。それでも「あぁ、今生ではこんな空の下にいるんだ」と思わずため息がもれた。飼料にでもなりそうなレッドドッグの生ビールを前に、馬車が出発するのを待つ馬のようにおとなしく座って龍山区の方を見下ろしているカップルに、今日は自分の誕生日だと私は言った。男がよく聞こえないというふうにテーブルの向こうから私の方に体を傾けた。風が私の声を半分もぎとっていったからだ。私はもう少し大きな声で言った。

「今日、私の誕生日なの」

「誕生日？　耳[*1]が抜けた日ってこと？」

男は日本語のアクセントのしっかり残った、それでいてどこで覚えたのかと思うほど上級レベルの表現を使って問い返した。唐突にそんなしゃれた表現を使ったが、男の韓国語はどこか生意気な感じだ。敬語を知らない人のように馴れ馴れしい話し方をするので、初対面という理由でしばらくは敬語を使っていた私もすぐにため口にした。聞けば私が年上だったから、それでよかったのだ。たぶんこの男は「陳外従祖父[*2]」という言葉が何を意味するのか知らないだろう。今日お昼を食べるまでは、私も韓国語にそんな単語があることを知らなかった。短い髪に茶色のスーツを着たこの男は、植民地支配から解放された後も帰国せずに大阪に残った、亡くなった祖母の兄、つまり父の母方の祖母の兄の孫だった。私とはまた従兄弟、つまり、はとこに当たるわけだが、ほとんど他人と言ってよかった。

「そう、今日はこの姉さんの神聖な三十回目の誕生日ってわけ。こうやってまた一年、人生を積み上げていくのよね。なんて言うか、白い花びらがはらはらと散っていくのを眺めてる木になったような気分よ」

「韓国語ってほんとに難しいな。でも誕生日おめでとう。乾杯しようよ」

男は隣に座った女、彼によれば、妻になったばかりの女に日本語でその話をした。二人はグラスを持ち上げた。私もグラスを手にした。その日私は夜中の三時になってようやく眠れた。チーフは昨日も、広報は戦争だという陳腐な比喩を使った。締め切りの時間が近づいている修羅場で、そんな陳腐な表現を聞くのはいいかげんうんざりだった。陳腐な言い草だけど、チーフは大目にみてあげよう。くそったれなデザイナーたちも許してやる。でも、私のすば抜けたPRプランをけなすのが自分たちの仕事だと信じているような広告主の連中だけは、私の怒りの銃弾を避けることはできないだろう。それがもし本当に戦争というのならばだけど。

それでも、ビールを飲みながら祝ってもらうのはやはり気分のいいことだった。今まで一度も、三十歳の誕生日に南山《ナムサン》の頂上で、はとこに当たる、祖母の兄の孫とその妻に祝ってもらうことになるなんて考えもしなかった。すでに三十歳を過ぎていようと、これから三十歳になるのであろうと、君たちが皆三十歳になった時は、どこで何をしていたのか、あるいは何をしているかわからない。ずっと前から、私は三十歳を迎える年の五番目の月には、車でアメリカ大陸を横断しているに違いないと信じて疑わなかった。ペーター・ハントケのある小説で、そんなようなエピソードを読んで以来、私はその夢をずっと捨てなかった。その小説の主人公は、アメリカのある小都市を通り過ぎた夕方にふと気づく。

「あ、そういえば今日は三十回目の誕生日だった」と。本来、三十歳の誕生日はそうやって過ごさなければならないような気がした。三十歳の誕生日の夕方のためにお金を貯め始めたのは二十七歳の一月だった。まず、いろんなガイドブックとインターネットサイトをチェックして宿泊費千三百ドル、食費六百ドルというように予算を組んで、自由に出入金ができる預金通帳をつくって、ジョンヒョンと私が毎月十万ウォンずつ入金する計画を立てた。最初は私に催促されてジョンヒョンもきちんと入金していたが、時間が経つにつれて私がまとめて二十万ウォンずつ入れることが多くなった。そんな計画を立てられたのもジョンヒョンと私が同学年で、生まれ月も一緒だったからだ。自分なりに三十年間一生懸命生きてきたから、その年の五月は何があっても安息月にして遊んでやる。考えただけでもわくわくした。

待ちに待った三十回目の誕生日を迎えたその日、私は化粧を落とすどころか服もろくに脱がずにベッドに倒れこむようにして眠りについた。三時間後には、この前日本に行った時にとてもお世話になった大阪の甥っ子が新婚旅行を兼ねてソウルに来ているから、きちんともてなすようにという父の要求を電話越しに聞いていた。ぼうっとした頭で私は聞き返した。なんて言ったの？　よく聞こえないよ、パパ、今日は娘の誕生日だって知ってる？　そう、三十回目の。嫁にいけとかいうのはやめてよ。ソウル観光？　ソウルなんて見る所もないのに、なんで新婚旅行なんかに。私だってまだしたことないのに。南山だって行ったことない。えっ、世界一周なの？　ハネムーンを一年間？　あああ……。電話を切ると、すっかり目が覚めていた。ある日、眠りから覚めて父が私のＰＲプランすべてに目を通して何も反応しないクライアントみたいに感じられたら、会社を辞めたほうがいいのか、父と絶縁すべきなのか？　とにかくその日の朝、私はものすごく悲しかった。三十回目の誕生日をこんなふうに始めたことより、朝から誕生日だということを自分から口にしたのだから、私の人生には、素敵な人としゃれたディナーを楽しみながら「あ、そういえば今日って私の三十歳の誕生日だった」なんてつぶやくチャンスはもうないということがやりきれなかった。

季節が二度変わる前、昨年、木の葉がまだ風にも負けずにしっかりと木にしがみ付いていた頃のことが思い出され、私は苦笑した。私たちは時間が過ぎてからようやく自分たちの夢がどれほど立派だったのかに気づくらしい。叶わなかった願いはどれも輝かしいものだった。アメリカのエリザベスタウンのような所で、恋人と一緒に三十回目の誕生日を迎えることぐらいたやすいと思っていたのに、今となっては、それは素朴な願いなどでは決してなかった。昨年、私は預金通帳に貯まったお金をすべてジョンヒョンに送金した後、別れを告げた。ほとんどが私のお金だったが、どっちみち旅行に出て二人で使ってしまうお金だったのだと思うと惜しくもなかった。その後、何か大きな望みを抱いたことはなかったような気がする。あえて残りの願いを探すなら、三十歳の誕生日に私が望むことは、祖母の兄の孫と一緒にいる間だけは会社から急な呼び出しがないようにという、その程度の願い？　ハハハッ。

「誕生日だから笑ってるの？」

ビールを飲んで、私を指してはとこが言った。

「うん、死ぬほど嬉しくって笑ってるの」

カラーリングした髪に透き通るような肌をしたはとこの妻が、何か日本語で話した。お人形みたいにかわいい女性で嫉妬を覚えるほどだった。そのうえまだ二十四歳。この世は明らかに不公平だったと、死ぬ前に私は回想するに違いない。二人でしゃべっている内容がわからず、はとこをじっと見ていたら、彼はこう言った。

「未来を見つめてきた十代、現実と戦ってきた二十代、ならば三十代は立ち止まって自分を見つめなければならない。これからは少し正直になってもいい年だ。お祝いに三杯のビールを飲もう。っていうような話」

あんなかわいい顔をして卒業式の祝辞みたいなことを言っていたとはとても信じられず、はとこをじっと見つめた。もう二十代が終わるからなのか、彼女の話したことが本当にそういう内容なのか、いちいち質したいとは思わなかった。ハハハッ。また笑ってしまった。

「祝ってくれてありがとう。よし、飲もう、三杯のビール」

その時、はとこの妻が両手を叩きながらかわいらしい声で言った。

「誕生日だから鼻をつまんで」

彼女はずいぶん長い間何か言っていたが、はとこは短く訳した。「誕生日だから」と「鼻をつまんで」の間にその関係性を説明する話があったはずだけれど、韓国語がよくわからないし、面倒になって全部省略したのだろう。

「鼻をつまんで？　日本の誕生日にはそういうことするの？」

いつの間にか私もはとこみたいに短い言葉で話していた。二人は歓声をあげながらグラスをぶつけた。もう、なんでもいいやと思って私はごくごくビールを飲んだ。喉の奥がちくっちくっと熱くなりながら何かが爽快に通り過ぎていく感じが妙に心地よかった。私は、はとこの言ったことを思い出して、左手で鼻をつまんで残りのビールを飲み切った。いったいどう違うっていうの。こうするとビールがもっと飲みやすくなるってこと？　そんな考えが浮かぶ瞬間に鼻の先がツンとして涙がにじんだ。その次には体中が勝手に震えて、ゾクゾクした。じっと私の様子を見ていた新婚夫婦は突然弾けたように笑った。酔いのせいなのか、彼らの拍手に気分が高揚したからか、突然「もしかしたら、私ってすごい酒好きなのかな？」と思った。こんなに飲めるなんて。私は勢いよく手をあげた。

「すみません、中生、三つ追加！」

三十回目の誕生日の夜。北米大陸のある街で恋人としゃれたディナーに出かけることなど決してなかったが、ともあれ、ソウルで一番高い場所で生ビールを飲んでいた。そう考えると、それも悪くなかった。

卒業したら絶対にタクシーの運転手になる夢を叶えるんだと決意する大学生は多くないはずだ。ジョンヒョンと私は大学時代、広告研究会で出会った。映画への熱い思いに燃えるマーケッターと、この世について語るためにだけ撮って、撮って、撮りまくる映画監督になることをそれぞれ夢見ながら。当時の私たちはなんでもない関係だったが、だからこそ、この世には私たちしかいないかのように行動できた。いつだったかジョンヒョンが言ったように、私たちは一日二十四時間を千四百四十の美しい一分で埋めることができそうだった。大学の入学祝いにもらったキヤノンのデジタルカメラをいつも手にしていたジョンヒョンにとって、その一分とは隠された光を探し出す六十秒と、世界をもっともクリアに見つめることのできる千分の一秒の間を行きかう、宇宙と同じくらいの時間だった。

それなのに、あの時間はみんなどこにいったのだろう？　とめどなく舞い落ちる桜の花びらを眺めながら一日千四百四十の美しい一分についてジョンヒョンが語っていたあの春の日々はどうしたのだろう？　大学を卒業してから私は旅行会社で働いていたが、一年後に今のPR会社に転職した。ジョンヒョンは最低賃金をもらいながら映画業界で働いた。そうやって三年が過ぎると、恋愛モードはベランダに出しっぱなしの新聞紙の中のねぎのようにしおれていった。[*3]パク・チャヌクや[*4]ポン・ジュノのようになるのだと思っていたジョンヒョンは、三十歳になる前に新しい人生を見つけると宣言し、後になってあいつが探していた新しい人生がタクシーの運転手だということを、それも何人かの人づてに耳にしてから、あまりの失望から立ち直れず、一緒に貯めていたお金を全部送金してから電話をかけ、冷たく別れを告げた。私は不安には耐えられても、つまらないことにはとてもじゃないが耐えられない。夢とお金の狭間で葛藤する青春なんてあまりにもつまらない。私にはまるで似合わない。自分では二度と後戻りしないつもりでひどい暴言を吐いたと思っていたのに、ジョンヒョンからはお金を返すとか、自分の分だけ持っていくといった反応もなかった。私は、本当に、あまりにも、つまらないと思った。

　ジョンヒョンがタクシーを運転しながらソウル市内のあちこちを走り回っていた二〇〇八年夏、都心は米国産牛肉の輸入に反対するデモ隊が道路を占拠し、いつも渋滞していた。私も会社の同僚と一緒に五月三一日と六月一〇日の二度、ろうそく集会に参加した。二度ともデモ隊が光化門一帯を占拠したため、夜遅くまで交通規制が解除されなかった。その日はたしか六月一〇日だったと思うが、世宗路に「[*5]明博山城」と呼ばれるバリケードが出現し、市庁前の広場に何十万人もの人々が集まって足の踏み場もなかった。デモ行進が始まり、プレスセンターから目と鼻の先の世宗路の交差点まで行くのに一時間かかるほどだった。歩いては止まり、座っては立ち上がり、ふくらはぎがぱんぱんに張ってどうにもつらくなって、一行と離れて一人で西大門まで歩いた。歩いている間中、私は携帯電話をいじっていた。別れてからジョンヒョンが一番恋しい日だった。あんなに大勢の人の中にいたのに、恋しいだなんて少し不思議でもあった。私が電話をかければジョンヒョンはすぐに来るだろうとわかっていた。結局ジョンヒョンに電話をしなかったのは、そういう確信があったからだった。今思えば、馬鹿げた確信だったけれど。あの日集まっていた何十万人の人たちにも、そういう何らかの馬鹿げた確信があったのかもしれない。どちらにせよ、あの日、ひとつの良き時代はすべて終わったのだ。

そうこうして一月になり、ある時事月刊誌を読んでいて、二〇〇九年五月に三十歳の誕生日の記念に一緒に旅行しようと貯めたお金を、ジョンヒョンが何に使ったのかがわかった。雑誌の記事によると、ソウル市内を走るタクシーは全部で七万台で、私が運悪く偶然

「イ・ジョンヒョンさん（29）」のタクシーに乗る確率は七万分の一だった。互いにどうもぎこちない雰囲気になってタクシーを降りた私が手をあげて捕まえたタクシーが、また彼の運転するタクシーである可能性もやはり七万分の一。純粋な数学の世界なら、私が元彼のタクシーに続けて二回乗る確率は二つの数を掛け合わせた、四十九億分の一。一日に一回ずつこんなことが起こるとすれば、千三百四十二万四千六百五十八年に一度の割合で回ってくる、そんな確率。その時は、天文学的な数字を見て気が遠くなった。別れるとは、ただ遠く離れて暮らすことを意味するだけ、それでも同じ空の下で生きているのだからといった安易な考えは瞬時に消え去り、人と人が出会って別れることの厳かさというか、そういう人生の重みを改めて感じたとでも言おうか。

彼のタクシーに同じ人が二度乗る確率を計算するのならば、彼は一日に二十五回客を乗せるという事実に注目しなければならないだろう。その客だけを考えるなら、彼らが「イ・ジョンヒョンさん（29）」のタクシーに再び乗る確率は七万分の一と、明らかに下がる。しかし、一日に一度そんな実験をするとしても、その可能性は百九十二年に一度だ。ソウルで同じタクシーに二度乗ることは一生に一度もない可能性が高い。人生も、確率のような決まりによって回ればどんなにいいだろう。努力さえすれば大学生の時に抱いていた夢なんてすぐに叶い、望んでいた通りの人生を生きることができたら。でも、ご存知の通り人生とはままならないものである。「イ・ジョンヒョンさん（29）」はタクシーの運転手を始めてから数日もしないうちに、そのことに気がついた。夜十一時を過ぎた頃、阿峴《アヒョン》洞で一人の女性客を乗せると、後部座席から自分を睨みつけるような視線を感じて後頭部がひりひりしたという。雨がしとしと降って風も吹いていた日で、薄ら寒いような気もしていたが、その女が大きな声で問い詰めた。

「運転手さん、ストーカー？」

「何のことでしょう？　その日暮らしの身分でストーカーなんてする余裕はありませんよ」

「それじゃ、なんで私のことばかり追いかけてくるんですか？　今日これでもう三回目ですよ、運転手さんのタクシーに乗るの」

「イ・ジョンヒョンさん（29）」には、本当に思い当たることは何もなかった。それが今のガールフレンドと出会ったきっかけだった。それから、彼は自費でタクシーのトランクにブロードバンドつきのパソコンを置き、タクシーの車内をぼんやりとではあるが撮影できる程度の明るさの照明と、ハンドルにつけたリモコンでコントロールできるカメラを設置し、とあるインターネット動画サイトを通じて仕事中に車内で起きることをすべて生中継し始めた。「イ・ジョンヒョンさん（29）」はこのプロジェクトに「偶然の夜」というタイトルをつけた。ソウル市の後援まで受けて進められているこのプロジェクトは、巨大な都市ソウルと一人のタクシー運転手の間で繰り広げられる、避けられない運命ゲームがテーマだった。ゲームのルールは簡単だ。一度乗車した客が再び彼のタクシーに乗ればゲームオーバー。弱肉強食の論理でのみ動く巨大かつ非情な都市ソウルと向き合いながら、こんな人生にも意味はあると、彼の希望にあふれたプロジェクトが勝利を収めるはずだった。しかし、結果は好ましくなかった。ガールフレンドと出会って以降、ずっとメトロソウルの勝利だった。彼のタクシーには、二度と会いたくもない、あらゆる体液を垂れ流していく酔っ払い客ばかりが乗り、希望も何も、薄気味悪い乗客たちの姿を見られるという理由から、彼のインターネット中継はネット上で高い人気を集めた。

二〇〇八年の冬は寒いなんてものじゃなかった。暖房もろくにきかないオフィスで何日かほとんど徹夜で仕事をした後、眠くて倒れそうになりながら入った会社の資料室で偶然その記事を見つけた時は、誰かに見られたらどうしようと顔が真っ赤になった。私は裏切られた思いにぶるぶると震えた。「自費で」という部分が一番笑えた。金銭的な余裕ができてタクシーにカメラなんか設置したのなら、それは別れる前に私が送ったお金に違いなかった。自分はもうほとほと疲れきってしまった、これからは金を稼ぐことに専念するつもりだからこれ以上苦しめないでくれと言ったあの男に、哀れみ半分、これでさっさと消え去ってちょうだいという思い半分で送った、それでも私の分身のように大事だったお金。それなのに、あり得ない偶然から新しい恋人と付き合うようになり、生きることに希望も見い出して、今度はそのお金を資金にして映画の道に再起をかけるですって？　今すぐにでも、覗き見嗜好者のために二十四時間サービスを提供している邪悪なタクシーを見つけ出して、設置してある器機を押収したい思いに駆られた。一方ではあの男がタクシーを運転しながらおぞましい犯罪を犯したり、交通事故で重傷を負って新聞に載ったりするよりどれほどましだったかとも思った。私と別れた後に、そんな人生を歩まれたら、どれほど後味の悪いことか。

三杯のビールで酔った私が、ソウル市内を見下ろしながら問わず語りにそんな話をすると、日本から来た新婚カップルはすごい話だと言いながらおおげさに反応した。

「その男の言うことが正しいよ、姉さん。この世を支配するのは偶然さ。田舎なら自然だろうけど、都会じゃ偶然だよ」

近いといえば近く、遠いといえば他人ともいえる、はとこに当たる彼が言った。

「そもそも私たちがこうやって会っておしゃべりしてるのだって、言うなれば偶然の力ということになるよね。今朝まで、君という人の存在すら知らなかったんだから。ということは、隣に座ってる君の奥さんに会うのは本当にすごい偶然としか言えない。同じタクシーに二度乗る確率を考えてもみてよ」

「だよね。僕たちが会う時は、会う約束をした人のようにして出会う。人の縁に偶然はない」

はとこがそう主張できる理由は、隣に座る女がその証拠だからだった。男というのはどこまで単純で純粋なんだろう? 結婚適齢期になるとみんなそろって小部屋にこもって、こうお祈りでもしているようだ。こんな女性に巡り会えたことに感謝します。そうした大いなる錯覚があるから、取るに足らない男たちも自ら式場に足を踏み入れるのだろう。はとこの話は要するにこういうことだ。大学病院でレジデントとして働く彼には、誰よりも親しい先輩がいた。二人は好みや性格が似ていた。口寂しくてスナックやアイスクリームなどを買ってきて先輩に一つ渡すと、「お、ちょうどこれが食べたかったんだよ」と喜ばれるほど。その先輩がある朝、通勤途中である女性をぼんやり眺めていて交差点で接触事故を起こした。深刻な事故ではなく、保険会社に連絡して警察の調査を受けるといった手続きを踏んだ後、タクシーに乗ったのだが、今度はそのタクシーが別の車とぶつかった。タクシーから降りてどこをどうぶつけたのか見てみると、前の車からそれは美しい女性が降りてきた。これが二度目の出会い。この二度の偶然をただごとではないと思った先輩は少々下心を抱いて彼女に近づき、数日後にしゃれたホテルのレストランで一緒に食事をする約束をした。二人で会うのは少し不自然な気がして、事故で遅刻した日に救急救命室での勤務を延長しなければならなかった一番親しい後輩、つまり彼も招いたのだ。それから二年が過ぎ、その女はコバルトブルーの光が完全に消え去り、アスファルトのような暗闇だけが残るソウルの夜空の下に座ることになったという話だった。

「だから、その男とのことはまだ完全に終わったわけじゃない。何が起こるかわからないのが人生だよ。連絡してみたら？　僕たちは今いい運を持って世界を旅してる。姉さんにもいいことあるはずだよ」

はとこが言った。はとこの妻も私に「もう一度だけ、どうか勇気を出してみてください」と言った。こんなことに勇気？　酒に酔ったせいだろうか、右手が手持ち無沙汰で私はしきりに携帯を触っていた。例の記事を見てから、連絡してみようという気持ちがまったく起きなかったわけではなかった。私は生中継しているというインターネットサイトのアドレスが書かれた記事の一部分を破って手帳に挟んでいた。そのサイトにアクセスしたのはそれから二日が過ぎてからだった。暖房が入っていなくて、絶対に使うなと言われている電熱器をつけて仮眠し、目を覚ました時には、みんなはどこに行ったのか、灯りが半分消えて暗いオフィスに一人だった。デスクの上の小さな鏡を見ると、うつぶせになって寝たせいで片側の頬に髪の毛がはりついていた。ほとんど幽霊みたいだった。その上、オフィスに一人だと思うと怖くなった。立ち上がってなんとなく窓側に行き外を見下ろしたり、オフィスのドアを開けて廊下を覗いたりするうちにジョンヒョンのことが思い出されて、手帳に挟んだ記事を取りだした。インターネットサイトにアクセスしてみると、真夜中にもかかわらず四十人を超す人々がジョンヒョンの生中継にアクセスしていた。タクシーの中の風景を想像したが、意外にも小さな四角い枠の中に見えるのは炎と一緒に真っ黒な煙が立ち上る、あるビルの屋上だった。その炎に向かっていくつかの方向から水の柱が上がっていた。マイクは切れているのかなんの音も聞こえなかった。間違ってアクセスしたのかと思ったが、画面の横に「タクシードライバー　イ・ジョンヒョンの偶然の夜プロジェクト」という文字があった。それなら、顔ぐらいちょっと映してよ。画面を見ながらそう思ったが、その日の夜中、ジョンヒョンの顔は画面に出てこなかった。コンビニに行ってコーヒーを飲んでいた同僚たちがオフィスに戻ってくるのを見て、私が画面を消すまで、そこには燃え上がる炎と真っ黒な煙と下から噴き上げる水の柱が沈黙の空間に流れていた。あの日の深夜、そこで六人の人が焼け死んだことは数日過ぎてから知った。その数日の間、私は望んでいた通りに、通信会社の新しい広告プロジェクトの受注に成功した。ジョンヒョンに連絡せずにその仕事をやり遂げたことが誇らしかった。でも、なぜそれが誇らしかったのだろう？　電話を手に番号を検索しながらその時のことが思い出された。

私は顔をあげて、私が送った信号が南山タワーの一番高い場所を経て、信号音が鳴るたびにドーナツみたいな円形の電波が次々とソウル全域に拡散していく光景を想像した。

こんな巨大な都市に住む以上、一日に二度、毎日タクシーに乗ると仮定しても、私たちは死ぬまで同じタクシーに乗ることなどできない、それなのに、時に私たちはもともと約束でもしていたかのように誰かと出会い、そして恋に落ち、コバルトブルーから漆黒に次第に暗くなる広々とした夜空の中に頭をぬっと突き出したような恍惚とした瞬間を迎えるというのなら、その理由はこの都市と青春を生きる私たちがあまりにも似ているからなのだろう。どうすることもできないように思われる極限の絶望と、ほかの選択肢などありえない、頑なでかつ馬鹿げた確信の間をとめどなく揺れ動きながら、何でもない不安定な存在から意味のある存在になれる人たち。時々刻々と変わる、だからこそ言葉になどできないほどの顔を持っていても、結局のところ、唯一つでしかありえない顔。同じように、この都市では、深夜に仕事帰りの疲れた顔で眺める漢江《ハンガン》沿いの夜のくっきりした風景と、遠く内モンゴル砂漠から飛んでくる砂埃で白っぽく覆われた昼の風景はそう変わらなかった。

この街で迎える一日千四百四十の一分はどれもみな美しかった。六十秒であれ、千分の一秒であれ、あらゆる風景は一日に何度も心変わりする青春を生きる私たちと大きく違わなかった。だからこそ、その日私はもう二度とこの先の人生では経験できないであろう、完全に新しい二十時間と十六分、にもかかわらず、今までの三十年につながる二十時間と十六分を過ごしたことになる。

「うん、今日は私の三十回目の誕生日で、この人たちは私の代わりに世界一周の旅をしてる私の親戚。この男は黙ってても美女がついてくる最高に運のいいラッキーガイで、こちらの美女は行く先々で交通事故を誘発することで有名な人。二人は三日前に結婚したばかりなの。挨拶して、こちらも同じタクシーに二度乗るなんて難しいこの大都市で、一日で新しい彼女をつくってしまったものすごい幸運の持ち主、イ・ジョンヒョンさん」

国立劇場の駐車場でジョンヒョンに会った私は少し浮かれていた。これでいいの？　そんな思いがよぎった。一年二ヵ月ぶりに再会したジョンヒョンは予想に反して前より痩せて、そのせいかずっと健康そうに見えた。昔の恋人といえば、一生恋愛運に見放されるか、愚痴ばかりの悪妻と結婚するか、人生に絶望して宗教にはまればいいのにと望むものかもしれないが、健康そうなジョンヒョンに会ってみたら、嬉しくて、感謝の念までわいてきた。

「南山タワーでいろいろ話を聞いたよ。姉さんが輝く灯りを指差しながら、あなたがどの道を通ってくるのか教えてくれた。うちの姉さん、きれいだ」

こざっぱりした、自分よりも年下と思われるはとこが出し抜けにため口で話したので、とまどった顔でジョンヒョンは私をちらっと見た。

「僕についていい話をしたはずはないんだが……な。ところで僕も来る途中ずっと南山タワーを見上げてたんだ、そのせいだったのか」

ほがらかに笑いながら、私に対するのと同じように、ジョンヒョンは初対面のはとこととため口で話していたが、はっきり丁寧語を使うのでもない、語尾を適当にごまかすあの優柔不断さ、あるいは照れ隠しも、久しぶりだからか新鮮に感じられた。立ち止まって自分を見つめなければならない年齢、これからは少し正直になってもいい年齢、三十歳になるのは本当にそういうことなのだろうか？　私たちはジョンヒョンのタクシーに乗った。私は助手席に、新婚カップルは後部座席に。雑誌で読んだ通り、前方には内視鏡に似た小さなカメラがついていた。はとこは不思議そうにそのカメラを覗き込んだ。

「それ、今も撮ってるの?」

はとこが尋ねた。

「もちろんですよ。顔が映るのいやだったら言ってください。横に向ければいいから」

「平気。僕たちは美男美女だからカメラに撮られても大丈夫」

はとこがもう一度くったくなく笑いながら妻を見つめた。酒に酔っていたせいで私たちは窓を全部開けていた。どこからかタク、タク、タク、と規則的に何かがぶつかる音がした。私の髪が開け放たれた窓の外にふわっと流れ出ていった。ジョンヒョンのタクシーは漢南洞を過ぎてソウォル通りに入って行った。ジョンヒョンがつけていたラジオからバッハのカンタータ「羊は安らかに草を食み」が流れてきた。その曲を聴きながら暗い道路を見つめていた私は「ジョンヒョン」と彼の名前を呼んだ。「ジョンヒョン」ともう一度呼んだ。そして私は思わず涙を流してしまった。私が涙を流すと、ジョンヒョンは前方の道路と私を交互に見ながら、右手で私の手を握った。私はジョンヒョンの手を払いのけた。ジョンヒョンはもう一度私の手を握った。私は窓の外に顔を出して、通り過ぎていく街路樹を見つめた。私が泣いているのも知らず、はとこはからからと笑いながら日本語で妻に何か話していた。焼け落ちてしまった南大門から市庁前の広場を過ぎて光化門の交差点まで行き、鐘路を経て、出発地点から遠くない、はとこ夫婦の泊まるタワーホテルまで、私たちは南山を一周した。いつだったか、父親と一緒に親戚の結婚式に出席するためにソウルに来て、時間が余って南山タワーを見に行ったことがあったとジョンヒョンが言った。八角亭に着く頃、二人が乗ったタクシーのラジオから突然サイレンが鳴り出すと、西海岸に未確認の飛行物体が接近しているため、全国一斉に非常警戒警報を発令したというニュースが流れた。そのせいで南山タワーに上る気にもなれず、二人は八角亭に座って警報が解除されるまで待ったそうだ。その時、待ちながら父親が彼にこう言った。こうやって戦争が起こり、家族がばらばらになったら、その後いつか再会できる時に備えて、何か確認できる秘密の印みたいなものがなければならないだろう。お前から言ってみろ。何十年も過ぎた後に会っても、一度でお前だということを確認できる、お前だけの秘密はなんだ？ジョンヒョンは自分にどんな秘密があるか考えた。太ももの内側のほくろみたいなもの、手と足の人差し指が一番長いこと、つむじが二つあること。それから、あと……。

そうしているうちにタクシーはホテルに到着した。はとこは私に小さなブリキの箱を差し出した。

「なにこれ？」

「結婚するんで家を大掃除して、いらないものを整理していて見つけたんだ。姉さんのおばあちゃんが小学校の時に宝物を集めておいた箱。おばあちゃんはもういないから、姉さんが持ってなよ」

ところどころが剥げてはいたが、ブリキの箱には本当に偶然なことに、安らかに草を食む羊と羊飼いの絵が描かれていた。端に教会の名前が刻まれているのを見ると、信徒たちに贈られた箱のようだった。蓋を開けて中に入っているものを確認しようとしたら、はとこが私の肩を叩きながら、自分たちは明日の朝早く出発するから、ここでお別れすると言った。

「明日の朝？　どこに行くの？」

「仁川から船に乗って天津に行く。そこに中国の友だちがいるんだ。姉さん、僕は中国語もできるんだよ。少しね」

私はブリキの箱をバッグに入れて、タクシーから降りたはとこ夫婦に向かって手を振った。二人もにっこり笑いながら手を振った。ジョンヒョンも手を振った。二人が背を向けて歩いて行くのを見送ってから、私はジョンヒョンに尋ねた。

「中国語にもため口ってあるの？」

「いや、ないだろ。次はどこに行くんだ？」

ジョンヒョンがサイドブレーキを戻しながら尋ねた。

「家」

「今もあそこ？」

「うん」

私はシートに体を深くうずめて窓の外を見つめた。ジョンヒョンはすぐには出発せずカメラをいじった。私の方に向けるのかと思って見守った。

「何してんの？」

「うん、カメラを切ってる」

「どうして切るの？」

「おかしいじゃないか。お前と俺と。二人なのに、それにお前が泣いて、誰か知ってる人にでも見られたらどうすんだよ」

「それがおかしいの？　わけわかんない、好きなようにすれば」

しばらく窓の外を見つめてから、私は体を起こしてわめいた。

「つまり、新しい恋人に見られるんじゃないかと思って心配なわけね」

「違うよ」

「見た目よりずいぶん用意周到なのね」

「違うって」

ジョンヒョンは違うと言ったが……。家に着くまでの間、私はソウォル通りで聴いたソプラノの声について話した。あのきれいな声がどんなふうに私の傷ついた魂を慰めてくれたのか、あのアリアを聴きながら遠くに見えた街の灯りが美しいと思った瞬間、どんなふうにこの一年のわびしさがふと、波のようにどっと押し寄せてきたのか、別れの記憶がどんなに長い間私の中に留まっていたのか。あのアリアが終わるまで、そしてあのアリアが終わってからもどれほど長い間私が、風が顔を撫でていくままにしていたのかについて。

そうやって風を受けながら私が思い出した、真夜中に燃え上がった赤い炎と噴き上がる黒い煙と、下から突き上がる真っ白な水の柱について。それからほどなく、偶然に読むことになった手紙の一節について。「父さんへ」という呼びかけから始まり「父さん、僕は父さんに会いたい。今はただその思いだけ。父さんにものすごく会いたい。夢でもいいから一度出てきてほしい。僕は父さんのことをきつく抱きしめて離さないだろう。離れられないように、絶対に離さない。そして父さんに言うだろう。『お父さん、大好きです』[*6]で終わる。さっき私が泣いたのはその手紙の一節が思い浮かんだせいだということを、私は話した。次はジョンヒョンが話した。タクシーを運転するようになって自分がいかに取るに足らない人間だと感じたか、にもかかわらず、この世にはいかに大勢の人が生きているのかを確認することが、どれほど自分を慰めてくれたか。助手席や後部座席に座っている間、その人たちがどれほど多くの独り言をつぶやくのか。どんな時も前だけを見ながら、匂いだけでその人が食べたものや、その人の経済的な状況、その人の職業を推し量れてしまうことがどれほど孤独なことなのか。そしてあの真夜中に見た炎がどれほどすさまじいものだったのかについて。私は彼の話を注意深く聞いた。一言も漏らさずに聞こうと、真剣に耳を傾けながら。そして、彼の恐れを理解しようと心がけながら。一方では家までの道を細かく説明する必要のないタクシーがソウルに一台くらいあってよかった、家に着いたらすぐに、ブリキの箱に入った小学校時代のおばあちゃんの宝物が何なのか、開けてみなければと思いながら。

1【耳が抜けた日】出産の際に、赤ちゃんの耳が産道を抜けるとその後するっと抜けるように生まれることから、誕生日を耳が抜けた日という。

2【陳外従祖父】父の母方の祖母の兄弟。

3【パク・チャヌク】映画監督・脚本家。一九六三年生まれ。「オールド・ボーイ」でカンヌ国際映画祭審査員特別賞を受賞、二〇一三年に「イノセント・ガーデン」でハリウッド進出。その他の作品に「JSA」「親切なクムジャさん」「渇き」など。

4【ポン・ジュノ】映画監督・脚本家。一九六九年生まれ。斬新な映像と優れた構成、物語性で世界的に注目されている。代表作に「殺人の追憶」「グエムル―漢江の怪物―」「母なる証明」「スノーピアサー」など。

5【明博山城】ソウル市の中心で一〇〇万ろうそく大行進が計画されると、警察がデモ隊の大統領府への進出と戦闘警察との対立を防ぐために、都心のあちこちに設置したコンテナボックスのバリケードを指す。当時大統領だった「李明博」と「山城」の合成語。

6【お父さん、大好きです】二〇〇九年一月に龍山惨事で死亡したユン・ヨンホンさんの長男、ユン・ヒョング君の書いた手紙より。龍山惨事は、ソウル龍山区漢江路の南一堂ビルで占拠籠城を行った人々を警察が鎮圧する過程で屋上望楼に火がついて、籠城者五人と警察隊員一人が亡くなった事件。

笑ってるような、泣いてるような、アレックス、アレックス

1

その年の夏。彼は美しいヨーロッパ風の海辺の街で過ごしたのだが、一日たりとも酒に酔わない日はなかった。そこはそういう街だった。商人たちが海岸道路に集まって街路樹の間にロープを張り、ドラえもんやミッキーマウスのような、あるいは似たような動物らしき顔の風船を結わえていた。観光地の商品らしく、風船の動物たちはどれもにっこり笑っていたが、どういうわけか二つの目は泣いているように見えた。風船の向こうには、街の観光名所の桟橋が見えて、その先は海だった。持ってきた金が底を突きそうになった最後の数日間、彼は風船の見える道に一人座ってビールを飲んだ。天気の変化に合わせ、雲の流れによって、あるいは太陽の角度によって泣いているような、笑っているような風船の向こうに見える海の色は、灰色から群青色の間をうつろっていた。色が変わるたびに、動物たちの顔は揺れ動いた。海の方へ、そして街の方へ、それから再び空に向かって。時おり、観光客たちは朝からビールを飲んでいる彼を見て顔をしかめることもあった。

その街ではすべてのことがそんな具合だった。突然雨が降ったかと思うと、ふと晴れ上がり、突如吹き始めた風はやがて穏やかになった。光と風が互いの位置を変えるのが見えた瞬間、昔の租界地の古い建物の亀裂から、あるいはでこぼこの歩道の隙間から、でなければ通り過ぎる観光客の笑い声の合い間から、いつの間にか忘れていた記憶があふれ出てきた。霧のようにぐるぐるとよみがえる記憶は、気がつく前に一瞬にして消えてしまった。どちらにせよ、その街では刹那の美学に慣れていく。酒の抜け切らない頭で朝起きて、ホテルの木の格子窓を開け放つと同時に部屋に流れ込んでくる朝の空気には、いつもオマル・ハイヤーム[*1]の詩が感じられた。さあ、いざ盃を満たせ。春の熱気の中で悔恨の冬を脱ぎ捨ててしまえ。歳月の鳥は遠く飛ぶことはできない。それでも双翼を広げている。

うまい酒と後悔のない人生とは、そういう風土から醸し出されるもの。酒と人生は蒸し暑い夏の日に放り出しておいた魚のようなものだから、すぐに味わわなければ腐ってしまう。その街で自分が飲んだビールを、彼はこう理解した。何口か飲む間に、自分の人生は変わってしまい、もう二度と以前には戻れないことに彼は気がついた。おそらく、こんな日がやってくるだろうことを、彼はずいぶん前から予感していたはずだ。ずっと前から。妻に電話をかけて、約束の時間に遅れると言いながら、交差点を過ぎたその瞬間から。信号が青から黄色に変わり、再び赤になろうとしたその短い瞬間から。その時から、彼の人生は小さな亀裂が広がり壊れ始めた。

人が一度きりの人生を生きるのは、人生があまりにも脆いものだと知らないからではないと、彼は最初に泊まったシャングリラホテルでわかった。到着するなり、彼は着ていた服を全部脱ぎ捨てて、予約の時に頼んでおいたクィーンサイズのダブルベッドで眠りについた。糊のきいたシーツは乾いた紙の匂いがした。朝起きると、ネクタイ姿のビジネスマンたちの間に座って朝食のブッフェを食べた。ウェイターが近づいてコーヒーを注ごうとすると、手をあげて断った。また眠らなければいけないのだから。食事を終えると、彼は部屋に戻って二重のカーテンを全部閉めてベッドに潜り込んだ。Do Not Disturb. いまや、彼の存在は少しずつ消されていた。誰も彼の眠りを邪魔できなかった。その街で、彼には別の名前があった。

そうして、彼はホテルの朝食ブッフェだけ食べて、後は一日中暗い部屋で眠り、目覚めるとまた眠るまでビールを飲んでばかりいた。そうした時間がしばらく流れ、ふと眠りから覚めた。部屋の中は暗く、昼なのか夜なのか区別がつかなかった。彼がベッドから出てカーテンを開けると、向かいの高層ビルの灯りと街灯の光と走る車のライトが部屋の窓に降り注いだ。彼は自分の顔を撫でて、思い出したように鞄をさぐってパスポートを見つけた。パスポートは機内で読んでいた本の間に挟まっていた。目が暗闇に慣れていたこともあって、彼は窓から入る光でパスポートに書かれた個人情報を読むことができた。そして彼は、その文章を目にした。

「できることなら避けたいと思ったが、私はやはり君の『沈黙の男』についての出すぎた抗弁……いや抗弁じゃない。そんなことは考えもしなかった。ただ反対しただけだった……で始まる批判をもう一度吟味して、その問題について再度論じなければならない」。

翌日の朝、彼はマーブル模様のパンをかじりながらその文章を繰り返し読んだ。彼は、その文章の核心が「できることなら避けたいと思ったが」にあると感じた。その部分がなかったら、その文章は死んだ文章も同然だった。時々、彼は顔をあげて天井を見た。天井には、上弦の月とさまざまな星座が描かれていて、その間には暗くがらんとした空間が広がっていた。彼は「僕はもう僕じゃない」と声に出して言ってみた。誰もその声を聞くことはできなかった。こうして、彼が生きてきた三十一年間の人生に終止符が打たれた。

そうやって三日を過ごすと、彼は荷物をまとめてホテルを出た。彼はホテルの前のバス停に立ってずいぶん長い間通り過ぎるバスを見ていた。バスの前に行き先が表示されていたが、彼の知っている地名は一つもなかった。彼はその名前を一つ一つ読んでから、旧市街と新市街の間を通る二階建てバスに乗った。そのバスを選んだのは、韓国ではめったに見かけない二階建てバスだったからだ。二階の一番前に座って、彼はぼうっと、こちらに近づいたとたんにバスの屋根を越えて消えていくプラタナスの葉を眺めた。バスは公園沿いの道を通って丘を越え、そこからは海岸道路を走った。海岸道路に入ると桟橋が目に入ってきた。防波堤とその先の灯台を連想させる、見栄えのしないコンクリートの桟橋には、多くの観光客が詰めかけていた。その時はまだ、桟橋の歴史的な意味を知らなかったから、彼はその光景を少し不思議そうな表情で眺めた。

素性のわからないものは、どれもしっくりこなかった。桟橋前のバス停で降りてゆっくり海岸道路を歩いていた彼の姿も、やはり風景から浮いていた。彼はスーツ姿に黒い鞄一つだけを手にしていた。四日前、家を出た時の格好のままだ。桟橋の方に歩いて行った彼は、海を見渡して建っているホテルの前で足を止めた。建てられてから五十年ほどは経っているように見える、ひどく古びた建物だった。彼は鞄から缶ビールを取り出してプルトップを引き開け、首をそらせて飲み干した。太陽は空高く浮かび、赤かった、そして、まぶしすぎて長い間見上げることはできなかった。彼は両目を閉じた。太陽の熱気にビールは少しぬるかった。飲み干した缶をゴミ箱に投げ入れて、彼はまた眠いと思った。

彼はすぐにそのホテルに向かって歩いて行った。主に国内の客を相手にしている観光ホテルだったが、ひっきりなしに来る宿泊客に対して、ロビーはどうにも狭く、ところどころにしみのついたカーペットからは茶葉が腐ったような悪臭がしたが、その分、フロントに提示された客室料金は安かった。彼はその中で一番安い部屋に泊まりたいと言った。フロントの女性スタッフは、首からだんだん赤くなっていく彼の顔を見ながら宿泊カードを差し出した。彼はボールペンを握って名前と国籍とパスポートナンバーなどを書き込む空欄をしばらく見つめた。その時になってやっと彼は、自分の名前も名字も思い出せない身の上だということに気がついた。鞄から本を取り出すと、その間に挟まっていたパスポートが床にぽとんと落ちた。彼はパスポートを拾って広げると、書かれた名前や生年月日などを、他人のものでも眺めているような面持ちで見ながら空欄を埋めた。彼は書きながらその名前を一つ一つ発音してみた。これからは、それが彼だった。彼の名前だった。

2

アレックスという名前は、言うまでもなくアレクサンドロスに由来していた。その名前には「戦士」「守る人」という意味が込められている。ジャクリーヌの場合は、少し事情が複雑だ。フランス式の名前ジャクリーヌはジャックの女性形だ。ジャックは、旧約聖書に出てくるヤコブを意味する。兄の報復を逃れて砂漠を放浪していた時に梯子を見つけるヤコブのことである。だから、ジャクリーヌの名前には、その梯子をつたって入ってきた神の声が隠れている。「あなたがどこへ行くにもあなたを守り、あなたをこの地へ連れ帰るであろう」という一節。そういう点では、アレックスとジャクリーヌは名前からして似合いの二人だった。四年前にフェスティバルの開かれたエディンバラ城前の坂道ロイヤル・マイルで、アレックスは中華料理店「サイゴン・サイゴン」を探すジャクリーヌと偶然に出会った。仕事柄、エディンバラのレストランを熟知していたアレックスは少しユーモアを交えて教え、ジャクリーヌに好印象を残すことができた。二人が初めて交わした会話が中華料理店の場所についてだったことは、その出会いがいかに運命的なのかを物語る最適な事柄だとアレックスには思われた。

ジャクリーヌが呆れたように「サイゴン・サイゴンがどこにあるかご存知ですかっていう質問に、『おへそから二インチ下』って答えたことが運命的ですって？」と聞き返した場所も、ロンドンのコヴェントガーデンにあるレストランだった。アレックスはフォークを揺らしながら「なぜならば」と話しだした。その時、アレックスは世界の運命についてでも語るように真剣な表情をした。なぜなら、東方遠征に赴いたマケドニアの偉大なる王と同じ名前のせいか、子どもの頃から自分は二十四歳になったら東洋に旅に出るという壮大なプランがあった、でも、ジャクリーヌに出会うまでは計画はあくまで計画にすぎなかった、けれども今、ついに夢を叶えるチャンスが訪れたのだと、アレックスはまくしたてた。当時の彼は、自ら詩人と名乗ればいつだって詩人になれた（もちろんこれは、チンピラだと名乗ればチンピラになれるというのと同じ意味だった）から、エキゾチックな風景を好むグラフィックデザイナーのジャクリーヌと力を合わせれば、金を稼ぎ、キャリアを積みながら超豪華版世界一周ができると、アレックスは確信に満ちた声で説得した。

そんな無謀で子どもじみた夢にはまったく興味がなかったのに、礼儀上「どうやって？」と尋ねた時、ジャクリーヌはすでにアレックスのしかけた罠にはまっていたことになる。『タイムアウト』などのストリートマガジンに定期的にレストランの批評を寄稿していたアレックスは、東洋の街を回りながら雑誌をつくればいいと言った。アレックスは、テーブルの上にグラスの水を少しこぼして、フォークで世界地図を描き始めた。アフリカからインドまではうまく描いたが、東南アジアの複雑な海岸線は適当で、中国の海岸を経て朝鮮半島を過ぎるとその線は完成した。アレックスは、最後にグラスの水をもう少し垂らして日本を描いた。そこから二人はイギリスに戻ってくる予定だった。ジャクリーヌはその日、アレックスがレストランのテーブルに水で描いた世界地図に魅せられたが、その地図がどれほどいいかげんなものかは全然気がつかなかった。そんな具合だったから、最初に到着したイスタンブールですでに二人は文字通り、運命共同体になるしかなかった。

ジャクリーヌが旅をやめない理由は、アレックスの隠れた才能がその旅で発揮されていたからだった。アレックスは、ジャクリーヌの無意識に自分は天才だと思い込ませるためにありとあらゆる手段を使ったが、そのうちの一つが星座の話だった。なんでも秤の上に乗せて計ろうとするてんびん座生まれなので天才にはほど遠いはずだが、アレックスの話を聞いていると、彼は生まれた時からあらゆる事物や人間の魂が持つ重さを量れる芸術家のように感じられた。そんなアレックスの言葉が、とんでもなく馬鹿らしく思えたり、大げさには感じられない点、それこそがてんびん座の持つ力だった。てんびん座の人は、天才ではなくても、あらゆる人に自分が天才だと納得させることができた。ヤコブがたどり着いた砂漠にも似た見慣れない街で、アレックスのこの才能は灯台の光にも似ていた。アレックスは初めて会った人がどんな種類のパワーを持っていて、そのパワーを利用するためには何をすべきかちゃんと知っていた。アレックスはどんな階層の人だろうと、その人の持つパワーにだけ注目した。

イスタンブールで『イースト・アンド・ウェスト』をつくる時も、コルカタで『ローズガーデン』をつくる時も、アレックスのそうした能力はずいぶん役に立った。東洋の都市でアレックスは自分の英語が有力者の子息たちと付き合うのに格好の武器になることにすぐ気づいた。アレックスと知り合った人はみんな、バランス感覚を失わないようにしようとするアレックスのフラットな態度に好感を抱いた。しかし、天秤は両側の重さが同じであることを示す道具にすぎない。重かろうと、軽かろうと、両側の重さが同じならば天秤は均衡を保つ。同じようにアレックスのバランス感覚も相対的なものだった。イスタンブールでわずか四ページのタブロイド版から始まった雑誌が、コルカタに着く頃には三十二ページに及ぶほど分厚くなっていたにもかかわらず、コルカタを発つほかなかったのは、モンスーンとリクシャにうんざりしていただけでなく、アレックスがほかの女にうつつをぬかしたのも原因だった。ジャクリーヌはほかの女に目移りした恋人を受け入れるほど心の広い女ではなかったが、あらゆることを暑さのせいにするアレックスの図々しさにかえって心が落ち着いたのも事実で、また、海辺に座って例の有名なビールを心おきなく飲めるという言葉にも心が動き、コルカタを発ってさらに東に移動することになった。

そうやって到着した美しいヨーロッパ風の海岸都市で、アレックスとジャクリーヌは『レッドスター』という雑誌を出した。いつもと同じように、タイトルをつけるのはアレックスだった。マオイズムについてアレックスは何一つ知らなかったが、赤い星だけは彼を魅了した。二人で創刊した雑誌はそれが最後だった。さまざまな意味で、二人の最後の雑誌を出せるようにしてくれたのはミスター・リーだった。雑誌の制作資金を提供したという点で、一方でアレックスからジャクリーヌを奪ったという点で。シャングリラホテルのバーですれ違ったミスター・リーが、歩みを止めてジャクリーヌの肩に鼻を近づけてくんくんと匂いを嗅いだ時から、今回はジャクリーヌを利用すれば雑誌を出せるとアレックスは確信した。もちろん、そうやってつくる雑誌がジャクリーヌのせいでなくなるだろうとは想像もしなかったが。とにかく、その瞬間はアレックスも怒らずにいられなかったが、そんな彼にミスター・リーは、ジャクリーヌの体からあまりにも良い香りがしたものだから無礼なことをしてしまったと言いながら、一つの話を聞かせてくれた。ミスター・リーが自分の振る舞いを弁解しながら語った話は、波乱に富み、同時に神秘的な東洋の香りのするロマンスだった。

アレックスの予感は正しかった。『レッドスター』はその話から生まれた。アレックスとジャクリーヌが東洋を旅しながら訪れた都市の歴史や文化、人々について綴る雑誌をつくっていると知ったミスター・リーは、快くその資金を出そうと提案した。アレックスは荒削りだった『イースト・アンド・ウェスト』ではなく『ローズガーデン』を見せながら、今こそ自分たちを高く売り込むタイミングだと思った。「ほかの街の後援者たちもそうだったんですが」と切り出したアレックスは、以前の雑誌の後援者たちは制作費の一部や印刷設備だけを提供していたことは伏せたまま、「制作費と滞在費の全費用を負担していただくことになります」と続けた。ミスター・リーはうなずき、発行人は自分の名前にすることは譲らなかった。それまでさまざまな手続き上の問題で苦労してきたアレックスにとっては、むしろ喜ばしい条件だった。心の内を明かさないまま、アレックスは雑誌についてもっと望むことがあるか聞いた。「今の話を毎号必ず載せてくれるかね」とミスター・リーは言った。なんら難しいことではなかったから、アレックスはうなずいた。実はそれがミスター・リーの、もっとも重要な目的だったことには気づかぬまま。

それまでの雑誌と『レッドスター』の違いは、余白だった。資金が十分にあったため、ジャクリーヌはこれまで十分に発揮できなかった自分の才能を『レッドスター』に注ぎこんだ。『レッドスター』には色とりどりの奇妙なフォントが登場し、時に文章は不完全なまま終わっていた。ミスター・リーと名乗った老人は、別の名前で発行人として名を連ねた。以前の雑誌と同じように、アレックスはすべての原稿を自分で書いた。レストランやバーのレビュー、カルチャーイベントの案内などは、書くぞと心に決めた瞬間に原稿ができあがった。少し書きにくい記事があるとすれば、それはその街の由来や歴史、文化、そして現在の姿を紹介するものだった。一番書くのが難しい記事は、ミスター・リーが必ず掲載しなければならないと言った彼の話だった。その話は毎号掲載された。三号目を制作している頃、つまり、砂浜に浮かぶ動物の顔をした風船を眺めていた彼と偶然に出会った頃、アレックスはもうその話になるとむしずが走るほどだった。雑誌なんてどうでもいい、ただ逃げ出したいという思いだけだった。

3

ミスター・リーの家は「海洋世界」という名の超大型水族館の向かいにある丘の上にあった。桟橋近くのモーテルから歩くと、二十分ほどで到着する場所だ。ミスター・リーの家のある丘に続く道の左側は租借地だった時代に外国人が居留していた地域で、コノテガシワ、イチョウ、ナラの木などがぎっしりと植えられていた。この辺は秘密めいた場所が多く、公安の目を逃れて浮浪者たちが野宿する場所でもあった。散歩するのにもってこいの道だったが、時々ほかの道から入り込んで道を塞いで立っている、いや、塞いで立つと言うより、動く力もなく立っている浮浪者たちのせいで、その道を歩こうとする人は多くなかった。道の左側の家並を設計した人と、ミスター・リーが住む家の一帯を設計した人は、別の国の建築家だった。そのためなのか、丘を越えると見渡す限り桜の木だった。

毎年春の終わりが近づく頃に、ミスター・リーの家、植民地時代に建てられた石造りの二階建ての家から眺めると、薄桃色の桜の花びらが丘の下の海に向かって舞い落ちていった。青い海は花びらたちの夢だった。海はそれほど遠くなかったが、花びらが海に落ちることは珍しくなかった。春にも後姿があるのなら、きっとこんな姿ではないだろうか。海に向かって舞い落ちていく幾千の桜の花びらについて話しながら、ミスター・リーはそう言った。それこそが、ミスター・リーの考える人生だった。絶頂を過ぎると、あらゆる事柄は後姿を見せるだけだとミスター・リーは考えていた。夢は叶わない時にだけ夢と言えるのだから、後姿を見せる時、結局自分は夢を失うことになる。人生の悲劇はまさにそこにある。ミスター・リーは自分の不幸もまた、石造りの二階建ての家に一人で暮らすようになってから始まったと信じていた。

　初めて家を訪ねた時、ミスター・リーはろうそくに灯りをともして「存在しないものを恋しがることは可能だろうか？」と尋ねた。ミスター・リーはできるだけ自分を表に出さない、だから、大部分は主語の省略された、主に名詞で構成された密入国者特有の英語を使った。それは彼も同じだった。彼も密入国者と同じ身の上だったのだから。だからろうそくの火を消して自分をじっと見つめているミスター・リーに向かって、彼はうめき声をしぼり出すようにして「夢」と言った。言ってから間違った答えだったことが鮮明になった気がした。ミスター・リーは彼の向かい側に座って、初めて自分の話を聞かせてくれた。海岸で出会ったアレックスが彼に聞かせた話と何一つ違わなかった。丘のてっぺんにある塀の中の一人の女性を愛した話だった。アレックスは、その話になると吐き気がすると言っていたが、それはもしかしたらミスター・リーの英語が不完全なせいかもしれないと彼は思った。

　アメリカに滞在している間、ミスター・リーは自分の話を何度も書き記した。ある意味でミスター・リーは作家とも言えた。生涯に一つの物語だけを、何度も別の形で書いてきた作家。ミスター・リーは、その話を素材にして書けるあらゆる文章をすでに書き尽くしたのかもしれない。そうならば、そこに付け加えられる話は何もなかった。しかも、当事者ではない人間が書くのならなおさらのこと。しかし、だからこそ自分は『レッドスター』に資金を提供しているのだとミスター・リーは言った。ミスター・リーの話も、『レッドスター』に掲載されるほかの文章、例えばその街が誕生するまでの過程や桟橋の歴史、あるいは外国人居留地の変遷史なども、大差なかった。誰かが絶えず書き直す過程で都市はおのずと歴史を作っていくものだ。絶えず書き続ける時、ミスター・リーの人生も救われる余地は残っていることになる。

「別の物語を。君たちだけが書ける話を書いてほしい。もっと多くのことを想像してみるんだ」。それこそがミスター・リーがアレックスに望んだことだった。誰が書こうと構わなかった。ミスター・リーは、それについて何か新しいアイディアがあるならいくらでも金を払える人だった。海岸で彼が最後の缶ビールを渡しながら自分を助けてくれと言った時、アレックスの最初の言葉は「君には、想像力にあふれたクリエイティブな作家であってほしい」だった。半分酔ったまま、砂浜に斜めに横たわり、アレックスを見上げながら彼は、「現金をくれるなら」と言った。「いいだろう。僕がその割れた風船を二百ドルで買うよ」とアレックスは応じた。割れた風船。結局、風船に描かれた顔は笑っているのではなかった。膨らんで上空に浮かんでいるから、口元が笑っているように見えただけだった。彼はアレックスに風船を売って宿泊費をまかない、アレックスはその退屈な仕事から抜け出すことができた。

二度目に訪ねたのは、日が暮れる頃だった。ミスター・リーは庭に立って遠くに見渡せる第一海水浴場の方を見つめていた。夕陽を浴びた第一海水浴場にはまだ人があふれていた。夕方の陽の光に照らされた庭は蒸してはいたが、風がないわけではなく、暑いと感じるほどではなかった。ミスター・リーは庭に置かれたパラソルの下に座って話を続けた。革命のさなか、青年だった彼はその女性の父親を殺した。頭巾をかぶせて急所を狙えば誰でも殺せた時代だった。父親が死ぬと、彼女の家は少しずつ没落していった。「彼女の兄たちも、伯父たちも反革命分子になってしまったのだから。崩れなかったものがあるとしたら」と言ってミスター・リーは、彼の前に見える石造りの二階建ての家を指差した。ミスター・リーはほかの学生たちと一緒に駅に集まって汽車に乗った。汽車の旅は二ヵ月も続いた。さまざまな民族の若者に出会い、最終的には国境まで行った。

彼もその革命について聞いたことがあり、出来事の名称程度は知っていた。しかし、細かいことはわからず、ミスター・リーの話が非現実的に聞こえて仕方なかった。彼が「愛を妨げる障害物が全部なくなったら、すべてが終わるのではないのか」と問うと、ミスター・リーは一つ、二つと点灯する第一海水浴場の街灯を見ながら「ある点においては」と答えた。

「すべてが終わったという点では。もしかしたら彼女ではなく、障害物を愛していたのかもしれないね。彼女の体からは実にいい香りがしたんだ。ジャスミン、ローズマリー、ビロード、生まれたての赤ん坊、ミルク、松の木、炊きたてのご飯といったね。そのどんなものにでも例えられそうな感じの。あまりにもいい香りは自然と漂ってくるものなんだよ、こんなふうに」ミスター・リーは右手を上げて何かを越えていく真似をした。「でも、障害物がなくなると、その香りもしなくなった」。「障害物は本当になくなったのですか？」と彼は尋ねた。ミスター・リーは彼の目をじっと見つめてから立ち上がり、庭の桜の根元をさすった。「そのすべてを書き残してほしい。私はもう自分の人生について考えられるありとあらゆるケースについて考えてみたのだから」。ミスター・リーが「私」という言葉を使ったのは、それが初めてだった。

蔦のからまっている石造りの建物を染める橙色の陽の光が、少しずつ上に移動していった。半円型の木の窓枠の向こう側に灯りがついていた。そこはアレックスとジャクリーヌが泊まっている部屋だったが、アレックスはもう何日も戻っていなかった。建物の背後の住宅から聞こえてくる鳥の声を聞きながら、彼は、自分が初めて泊まったホテルの名前がシャングリラホテルだったことを思い出した。彼にとっておそらくそこは、ミスター・リーが言うところの「存在しないもの」だったのかもしれない。ずいぶん前から、彼もそういう場所を懐かしんでいたのだろうか？　そうかもしれない。でも、知りようのないことだ。その時、ミスター・リーが何か言った。「ミスター・チョイ。ミスター・チョイ」。自分を見ているミスター・リーを、彼もじっと見つめ返した。「ミスター・チョイ」。ミスター・リーはもう一度彼の名前を繰り返した。彼はミスター・リーに「それは私の名前じゃない」と言った。ミスター・リーは「じゃあ、君の名前は何かね？」と尋ねた。

4

いつだったか、ホテルを訪れたアレックスが「ミスター・リーからは罪の匂いがする」と語ったことがあった。三冊目の『レッドスター』が出版されてから、それほど経っていない時だった。三冊目の『レッドスター』には彼の書いた話が載っていた。一冊目と二冊目の『レッドスター』に掲載されたアレックスの文章と異なる点はほとんどなかった。アレックスはその点を指摘した。

「俺たちは結局同じ話を毎号、載せることになるんだ。それがミスター・リーの意図さ。それを通じてミスター・リーは罪を洗い流そうとしてるんだ。なんで毎月おんなじ話を雑誌に載せるのかと尋ねてくる人が一人、二人と出てきたよ。そのたびに、俺はその人たちに何も答えられないんだ」。「君の書く話と僕の書く話は違う」と彼が言った。アレックスは彼をまじまじと見つめた。アレックスは今も、二つの話のどこに違いがあるのかわからなかった。「みんなじきに気がつくはずさ。ミスター・リーが帰ってきたことに。俺たちもその罪に巻き込まれている。君はこう書いたよな。人生をどんなに深く掘り下げてみたとしても、すべての人が理解できる人生を生きる人はいない。人生は誰にとっても抗うことのできない偶然の連続だ。そういう文章がミスター・リーには免罪符になるのさ」。

真実が存在するなら免罪符も必要だろうが、彼はそうは思わなかった。真実を探すために何度も書き直したという点で、ミスター・リーには、もはや真実はなかった。三度目に彼が訪ねた時、ミスター・リーは部屋から紙の箱を一つ手にして出てきた。箱の中にはさまざまな種類のノートが入っていた。ミスター・リーは国境を越える時からその話をノートに書いていた。時間ができるたびに、自分が知っている、あるいは想像できるあらゆる状況のすべてを書いた。そうすれば自分に起きたことがはっきりするような気がしたが、むしろその反対だった。疑問は次から次へとわき出た。最初はミスター・リーも少しずつ文章を直していけばいいと思っていたが、結局は最初から書き直さねばならなかった。たくさんのノートの持つ意味はそこにあった。パキスタンで、インドで、台湾で、アメリカで、ミスター・リーが書き上げようとした文章を彼は読んでみた。時には鉛筆で、あるいはボールペンや万年筆で、楷書で書いたり、草書で書いたこともあった。彼にはその内容はわからなかった。しかし、時とともにミスター・リーの置かれた状況によってその意味が変わっていったのだろうということは察しがついた。

「時が過ぎるにつれて文章は少しずつ変わっていった。人生ってものが少しずつわかるようになるにつれて、若い頃には知らなかったことに気がつくようになったのだから。そのたびに話が変わった。おそらく一番最初に書いたものが、一番正直な記録だったろう、だからと言ってそれが合理的なものとは言えない。合理的と言うなら、おそらく私が最後に書いた話になるだろう」とミスター・リーは言った。アメリカの市民権を持つ者として故郷を訪れたミスター・リーは、借りた名前でその石造りの二階建ての家を購入した後になって、その家の元所有者が革命のさなかに無念の死を遂げたことを知った。「頭巾遊び」に加担したのは確かで、それが原因で彼女の父親が病に倒れたということは知っていたが、死んだとはミスター・リーも知らなかった。

それによって、ミスター・リーの話はすべて書き換えられることになった。ミスター・リーは、なぜ自分が彼女のもとを去って汽車に乗ったのかわからなかった。それは生涯ミスター・リーを苦しめた。しかし今では、彼女の父親に致命傷を負わせた罪悪感のせいだと思うようになった。問題は彼女の父親の死が、その事実を知らないまま汽車に乗った若者の行動に影響を与えられるのか、という点だった。それなら、あの時彼女の父親を殴らなければ汽車には乗らなかったということなのか？　彼がそう問いかけると、ミスター・リーはそれを書くようにと言った。彼は彼女の父親を殴らなかったミスター・リーの人生を想像した。彼の頭の中の若きミスター・リーは、同じように汽車に乗っていた。

ならば、人生で遭遇する出来事が持つ意味は何なのだろう？　あの日、彼は交通警察に、単なる間違いで財布に入っていた弟の運転免許証を見せただけだ。当然ながら、あるいはたいして気にも留めなかったのか、交通警察は免許証の写真の顔と彼の顔を見分けられないまま罰金のチケットを発行した。それが自分宛に発行された納付書ではないことに、彼は数日後に銀行に行って初めて気がついた。あの時彼が自分の免許証をきちんと見せていたら、すべての問題から逃げ出したいと感じただろうか? ミスター・リーの話を書きながら、自分の人生を合理的に説明しようとすることが、結局は新しい現実をつくるのだと彼は悟った。ミスター・リーの場合と同じように、そんなことがなかったとしても、彼はやはり偽のパスポートを買い、一度も行ったことのない街に向かう飛行機に乗っていただろう。すべてが予定されていたという意味ではなく、そうであればほかの理由を探しただろうという意味において。結局、人生とは、ミスター・リーのノートのように一度だけ書かれるものではなく、瞬間、瞬間に修正されるもの、つまり人生を論理的に回顧はできても、論理的に予測することはできない。ミスター・リー自身が書く話も、時間とともに変わったが、彼が書く話とアレックスが書くミスター・リーの話は、異ならざるを得なかった。

「でも原則はあったんだがね」。ノートを紙箱にしまいながらミスター・リーは言った。「それは、そう、一生彼女を愛したという点だよ。アメリカで私はあらゆることを経験した。時には人としてやってはいけないことまでやったものだが、その都度私が思い浮かべたのは、まさにこの家だったんだ。いつも、故郷に帰ってこの家で彼女と暮らすことを想像したものさ。私がアメリカに発った理由がそこにあると思ったんだ。でも、帰って来てみると、それが不可能な夢だとわかった。残ったのはこの家だけなのだから。どこかわびしくないかね、この話は？　アレックスとジャクリーヌが来るまで、ここは幽霊屋敷も同然だった。でも今は違う」。「ジャクリーヌがいるからですか？」と彼が尋ねた。「もしかしたら、私が一生愛したのは彼女ではなく、彼女の香りだったのかもしれない。どうかね、もしそうだったとしたら？　私が彼女の香りを愛したのだとしたら、この話はまたどんなふうに変わるんだろうね？」。ミスター・リーは彼をじっと見つめた。彼は視線を移して別の方を眺めた。

5

通り過ぎる人々を眺めながら、アレックスは「俺はいつもよく知らない場所について知りたいと思ってたんだ」と言った。行き先のさまざまな飛行機の搭乗時間を知らせるアナウンスと、遅れないように搭乗口に向かって急ぐ人々のせいで、アレックスの声はよく聞こえなかった。「見知らぬ街に着くと俺はまず地図を買う。中心街、住宅地、工場地帯、歓楽街などなど。その次は、その街の歴史を学ぶ。いつから人が集まって暮らし始めたのか、もっとも目覚しく発展したのはいつか、あるいはいつ徹底的に破壊されたのか、今残っている遺産は何なのか。そういうのが一つの街のイメージを決めるんだ。その過程がないと、その街を絶対に理解できない。たくさんの博物館や記念物や歴史のある建物が残ってるのはそのためだろ？　違うか？　それを知らなければ、いくらグルメだってその街の味を説明はできない。それが風土ってものなんだ」。アレックスが言った。

「その風土を通じて、君は一つの街を理解したと思うのか？」と彼が聞いた。「そうじゃなければ？」とアレックスが聞き返した。「船に乗って、海を渡って、僕たちは空を見て、星を見て、海を見た。でも結局、僕らが見たのは自分なんだよ。いくら遠くに行ったって、君は君を理解するにすぎない。料理を味わう時、君は違いを味わうんだ、その料理を味わっているわけじゃないかもしれない。ジャクリーヌにしたって」と彼が言った時、アレックスがぱっと立ち上がって彼の言葉を遮った。「彼女は娼婦だ。エディンバラで会った時から娼婦だった。サルの大好きな娼婦」とアレックスが叫んだ。通り過ぎる観光客がアレックスと彼をちらっと見た。「君は詩を書くべきだったんだ。見知らぬ街の歴史を綴った雑誌をつくるんじゃなくて。そうしていたら、ジャクリーヌを失わなかったかもしれない」と彼が言った。

アレックスは立ち上がったまま彼の話を聞き、少しずつ首をもたげ始めた。彼は顔をあげてアレックスの顔を見た。アレックスの両目から涙がぽとりと零れ落ちた。

Attention Please と言う女の声が響き渡った。「地図はどっちにしたって役立たずだ。粗末な地図は粗末だから役に立たないし、もっとも精巧な地図は、その精巧さを極めた瞬間に街が変わってしまうのだから役に立たない。だから僕は地図なんか見ない。君の言っていることは正しい。僕も初めて会った時からジャクリーヌは娼婦だと思った。それもサルばかりを相手にする娼婦」と彼が言った。まつげの先に涙を残したまま、泣いてるような笑ってるようなアレックスが彼の方に振り向いた。「俺はお前たちにうんざりしてるんだ。ミスター・リーも、お前も。これが東洋のやり方なのか？　お前たちは揃いも揃って人生の詐欺師で嘘つき野郎さ。真実なんてものはこれっぽっちも重要じゃないと思ってるいかさま師じゃないか」とアレックスは言った。

「ジャクリーヌは、お前たちみたいな人間が娼婦だと好き勝手に呼べるような人じゃない。コルカタで俺が間違いを犯したからああなってるだけなんだ。ジャクリーヌがそのサルたちを本当に愛していたと思うか？　笑い話にすぎないさ」とアレックスは言った。「アレックス、アレックス。君は今同じ話をしてるだけだよ」と彼は言った。「どういう意味だよ？」とアレックスが尋ねた。「エディンバラで会った時からジャクリーヌは娼婦だったというのと同じ話だってこと。君もミスター・リーのノートを見ただろう？　そこには同じ話が書かれている。ミスター・リーは生涯その話だけを書いてきたんだ。でも、そのノートに書かれた話の一つ一つは、どれもみんな違う話だ。いいさ、こうも言える。ジャクリーヌは娼婦じゃない。だとしたら何が変わるって言うんだい？」と彼が言った。アレックスは椅子の横に置いてあった旅行鞄を摑みながら短く罵倒を浴びせると、背を向けて搭乗口に向かって歩き始めた。

彼は椅子に座って、人の波をかき分けながら歩いて行くアレックスを見つめた。人々はそれぞれ目的地がはっきりしていた。航空券を発券する航空会社のデスクや、自分が入って行くべき搭乗口、あるいは最後にハグをしてから振り返る家族など。アレックスがそうした人々の間に消えていった後も、長い間彼はじっと座っていた。彼がミスター・リーのように自分の話を書いたとしたら、果たしてその最初の一文はどんなふうになるのか気になった。

さまざまな最初の一文。その冒頭の一文は生涯をかけて修正されるだろう。彼らがどこへ行くのかによって。彼は自分の話が「おそらく、こんな日がやってくるだろうことを、彼はずいぶん前から予感していたはずだ。ずっと前から。妻に電話をかけて、約束の時間に遅れると言いながら、交差点を過ぎたその瞬間から」という文章で始めるだろうと、今はわかる。そこから人生は、絶え間なく変わっていく。僕らが完璧な暗闇の中に入っていくまで、話はいつまでも修正されるのだ。彼は椅子から立ち上がってゆっくり歩き始めた。これから彼がどこへ行くかによって冒頭の一文は変わるのだろう。彼は暗闇の中、最初の一文に向かって歩いて行った。

1【オマル・ハイヤーム】イランの天文学者、数学者、詩人（1048-1131）。四行詩『ルバイヤート』の著者として知られる。

休みが必要

その日、図書館の閲覧時間が過ぎると、職員たちは三階のカルチャー教室用の講義室に集まって翌日から始まる夏の読書教室の準備をしていた。毎年、地域の小学五年生を対象に五日間開かれる夏の読書教室が無事に終わってこそ、職員たちも晴れ晴れとした気持ちで夏休みに入ることができた。今年は図書館長が職級が下の職員から先に休暇期間を決めて申請するよう指示していたため、夏休みを巡って職員たちは少々落ち着かない様子だった。南の海を見下ろす丘の上にある三階建ての図書館で、常に誰かがいなければいけない閲覧室は一般向け、子ども向け、デジタル資料閲覧室の三つだった。ところが職員は司書が四人、行政担当が一人、技術担当が三人の全部で八人だった。七月二八日に夏の読書教室が終わり、翌週から一週間に二人ずつ、それも職級が下から順に休暇をとると、年齢が上の職員たちは八月末にならないと休暇をとれない計算になる。古株の職員であればあるほど、子どもの夏休みに合わせて休暇をとりたいはずなのに、図書館長はそういう配慮がなかった。未婚の職員たちが気を利かせて夏休みを遅めに取ってくれればいいが、彼らもそれぞれ事情があるのか、互いに様子をうかがうばかりで何も言ってこない。仕方なく図書館の切り盛り上手で知られる司書七級のチェが取りまとめることになった。チェは技能十級のカンをはじめ、未婚の職員たちを講義室に集めて、合理的に夏休みを取るように言い聞かせた。しかし、チェの口調がなにしろ攻撃的なので、彼女の話の途中から職員たちの表情はどんどんこわばっていった。

　そういうわけで、三々五々近所の食堂で夕飯をとっている時も、会話がどこか噛み合わなかったり、職員の間には微妙な感情の揺れが感じられた。少し硬い雰囲気だったせいか、講義室に戻る途中、ここ数日姿が見えないと図書館職員の間でも関心を集めていた老人が、市から車で十分ほどの観光団地沿いの海岸で遺体で発見されたというニュースが話題に上った。その知らせはすぐに、夏の読書教室で児童に配るプリントや小冊子を講義室で整理していたカンにも伝わった。血の気の引いた顔でカンはプリンターから抜き取ったプリントを三枚ずつまとめてホチキスでゆっくり留めた。図書館に初出勤した日から、カンは老人にまつわる話を聞いていた。老人は図書館の伝説と言ってもいい人だった。その老人が初めて図書館に現れたのは十年あまり前のことだ。当時はバーコードプリンターもスキャナーもなかったから、閉架式で館内の貸し出しのみで閲覧室を運営していた。書名、著者名がカナダラ順[*1]に並んでいる目録カードボックスを見て図書カードを探し出し、貸し出し申請書に請求記号を書いてカウンターに提出すると、職員がその本を出すシステムだった。いつからか、その老人は図書館に来る人の中で毎日、最初に貸し出し申請書を出す人になった。当時はまだ白髪になる前で、老人とは呼べないから彼と呼ぶことにしよう。とにかく、閲覧室の職員たちが彼の存在を知るようになってから、彼は休館日を除いて一日も欠かさずに図書館に来て本を読んだ。以前、彼がどんな本を請求したのかが職員の間で話題になったことがあった。韓国の図書分類法によると、三〇〇番台は社会科学書を、九〇〇番台は歴史書を意味した。

彼が図書館に通い始めた頃、彼の顔をテレビで見たことがあると言う職員もいた。その職員が主張するには、彼は数年前に現実の世界に絶望して内部告発を行い、教授職から退いて世間で話題になった高麗大学の元教授だという。しかし、他の職員がすぐに書架からその元教授の本を探してきて、みんなで本に載っている著者の写真と閲覧室に座っている彼の顔を見比べて、その職員は二人が似ているのは短く刈った髪型だけだと認めた。それでも、彼がソウルから来た教授あるいは学者だろうという点は、職員たちの間に共通した推測だった。詳しい事情はわからないが、おそらくその高麗大学の教授のように政治的な理由で学校を去って、海辺に建つこのさびれた図書館で研究書を執筆しているのだろうと誰もが思った。しかし、それも違っていた。一年が過ぎ、二年が過ぎても彼はソウルに戻らず、図書館に通い続けた。盧泰愚政権が終わるまではソウルに戻れないのかもしれないと思ったが、金泳三や金大中が順に大統領になってからも、彼は相変わらず朝になると図書館に来て三〇〇番台と九〇〇番台の本を読んだ。やがて図書館の職員とも少しずつ顔なじみになり、言葉を交わすうちに彼がなぜ毎日図書館に来て本を読んでいるのかわかった。

　職員が彼の話をまとめてみたところ、彼は学者でも教授でもなかった。彼は元刑事だった。いつも髪を短く刈っているのも刑事時代の名残だった。四十五歳まで警察庁に勤めていた彼は、指名手配者を検挙するために全羅南道莞《ワン》島《ド》郡《グン》薪《シン》智《ジ》島《ド》に出張で来て、無人島で孤立してしまった。釣り人のふりをして、都会からの釣り人たちと一緒に船を一艘借りて薪智島付近の無人島に行った時のことだ。同行者の中に自分が探している手配者がいないことを確かめた彼は、彼らと一緒に焼酎を飲んでいて尿意を覚え、岩の後ろに行った。波が寄せては引いていた。小便をすませてから、彼はしばらく岩に腰かけて波を眺めた。そのうちにうとうとして眠りに落ち、目を覚ますと数え切れないほどの星がまばゆいばかりに頭上に輝いていた。伸びをしてから体を起こして、ようやく彼は、昨日の波は昨日の海に戻っていったことに気がついた。酒に酔った釣り人たちは、同じように酒に酔った船主が操舵する船に乗って薪智島に帰ってしまった後だった。彼は水たまりの水を飲みながら無人島で二日間を過ごした。その二日間、彼はこう思った。死ぬのはこれっぽっちも怖くないが、こんなふうに死ぬためにここまで来たわけじゃない。俺のこれまでの人生だって、自分なりに正義に満ちた人生だったんだ。そのことをわかってくれる人が一人もいないまま死ぬということ、それが何よりも悲しい。

二日が過ぎ、連日飲んだ酒が少しずつ抜けてきて、何か自分がしでかしたような気がしてしまって仕方なくなった船主が半信半疑で彼を探しに船で無人島に来た時、彼はもはや刑事ではなかった。薪智島から再び船に乗って莞島まで戻った彼は、一身上の都合で辞職するという手紙を警察庁に送ってから、親しい同僚に電話をかけて退職金が出たら半分は家族に渡し、半分は自分の口座に入れてくれと頼んだ。幸い彼には正規の収入以外に、特殊な仕事で得た、家族には内緒で貯めておいた金がかなりあった。彼はその金で南海岸のいくつかの街を転々とし、退職金が口座に振り込まれるとこの街に落ち着いた。彼はまず図書館から歩いて十分ほどの所にある、海を見下ろす丘の上に家を借りて、銀行に他人名義の口座をつくって預金をすべて移した。最初の一ヵ月は実験期間だった。彼は酒も飲まず、煙草もやめた。朝と夕方、一日二食にして一週間に一度肉を焼いた。夜九時には寝床に入り、早朝四時に起きて図書館の裏にある公園で運動をした。そうやってひと月を過ごしてから生活費を計算してみた彼は、ひと月にかかった生活費で銀行に預けてある元金を割ってみた。計算通りならば、少なくとも十年は貯金を崩しながら食いつないでいけそうだった。実際には元金に毎月利子がつくのだから、その期間はさらに延びるはずだ。それだけの時間があれば、自分の計画をきちんと実行できるだろう。すべての計算を終えた彼は、図書館に来て本を読み始めた。

亡くなった老人が話題に上るうちに、講義室に集まった職員たちは夏休みを巡る微妙な神経戦を忘れて、それぞれが老人についてあれこれ話し始めた。長い間彼を見てきたチェは、自分はどうあっても九月にならないと夏休みがとれそうにないことをすっかり忘れて、講義室で円くなって座っている職員たちに、彼と初めて会ったのがどれほど前のことだったかをちらつかせて自分のキャリアを誇示しようとした。チェがこの図書館に転職したのは、彼が図書館に通い始めてから一年ほど過ぎた頃だった。出勤して、仕事を始めたチェに彼が近付いてきて言った。

「世界で一番古い物語が読みたいんですが」

その言葉に司書としてチェはしばらく考えた。

「そうですね、聖典でしょうか？　でなければ仏典かギリシャ・ローマ神話、イソップ童話？　どれが世界で一番古い話なのか私もわかりませんけれど」

「いや、私は、世界で一番古い物語を借りたいのです」

「ですから、それが何なのかわからないとお貸しできませんよね？　ちょっと確認してからご案内します」

すると、彼が貸し出しカードを差し出した。そこには「書名、世界で一番古い物語」とあり、請求記号が書いてあった。やはり三〇〇番台。風俗、民俗学。

なんともきまり悪くてチェは言った。

「で、でもこんな本をいったい何のために読むんですか？」

「その中に、死んだ人が生き返る話があるかどうか知りたくてです」

チェの言葉に、講義室に集まっていた職員たちが笑いだした。ぎくしゃくした雰囲気を忘れて思い切り笑うことができた。職員の中で一番年下だったカンを除いて。その時、司書八級のパクがなごんだ雰囲気を保とうと問いかけた。彼は自殺したのだろうか、それとも他殺なのか？　パクの問題提起に職員たちはそれぞれ想像力を働かせた。彼が逮捕した殺人犯が彼に復讐するために刑務所生活をじっと耐え、模範囚として仮出所した後、彼を探し出して水中に投げ入れたのではないか？　この十年、図書館で彼が調べていたのは警察内部の不正問題で、彼がそのことを暴露しようとしていると知った警察の首脳部が、海水で彼の口を永久に封じたのではないか？　もしかしたら、彼に逮捕されて死刑を宣告された容疑者が実は真犯人ではなかったことが明らかになり、懺悔の気持ちから十年間隠れて暮らし、自ら命を絶ったのではないか？　一番ユニークな推測は疑問を投じたパクから出てきた。数年前から金利が底値になって銀行口座の金がついになくなって、彼自身も海の藻屑となるしかなかったのだろうとパクは主張した。

その時、同僚たちのおしゃべりに加わらず、一人物思いに耽ってぼうっとしながらプリントをいじってばかりいたカンが、いきなり泣き出した。みんな、カンの突然の涙にとまどった。

「ちょっとやだ、泣いてるの？　なんであんたが泣くのよ？」

カンの顔を見たとたんに、夏休みの問題を思い出して不愉快になったチェが攻めたてた。涙を一筋つうっと流したカンは、鼻をすするだけで何も答えなかった。一瞬にしてマスカラがにじんだカンの顔はぐちゃぐちゃだった。二人の間に流れる緊張感から、なごやかだった雰囲気がまた張りつめてきた。

「言いなさいよ、ちょっと。なんで泣いてるわけ？　なんで？　悔しいから？」

チェが冷ややかな声でもう一度聞いた。するとめそめそしながらカンが言った。

「少し休まないと。休まないとだめなんですっ」

その言葉と同時に再び泣きだしたカンは、椅子から急に立ち上がって講義室の外に飛び出して行った。チェは開いた口が塞がらなかった。なんなのあれ。オー・マイ・ガッ！夏休みのくそったれ。

翌日、図書館に彼の息子だという男が訪ねて来た。十年以上も行方不明だった父親が南海岸の浜辺で遺体で発見されたと聞いた息子は、躊躇した挙句に、それでも遺品だけは整理しなければと思ってこの街を訪れただけで、そもそも自分と母親を捨てて卑怯にも失踪した父親の真実など知りたくもなかった。ところが、父親が暮らしていた家で一晩過ごして、息子の考えは変わった。隣人たちから、父親が十年間、休館日を除いて一日も欠かすことなく図書館に通って本を読んでいたと聞いたからでもあったが、その家で見たジャンパーがその理由だった。

その家は、朝鮮戦争当時に北から南下してきた避難民たちが臨時に建てたバラックの家々の間にできた路地を隔てた高台の上に建っていた。歳月が流れるにつれ、バラックは瓦やトタン、あるいはブリキの家に変わったが、路地はそのまま残っていた。何度かセメントを塗り重ねた形跡が残る階段を上って、ところどころ群青色のペンキがはげた鉄製の門を開けて中に入ると、外からは想像できなかったが、セメントで固めた庭の片隅に、低い塀に沿ってひまわり、バショウなどの観賞用植物を植えた小さな花壇がこぢんまりとつくられていた。青いトタン屋根の下で、板を雑につぎはぎした床に座って低い塀の向こうを眺めると、島々の間に南の海が見えた。美しい南の海は、部屋の中から窓越しに見下ろすことができた。

彼が住んでいた部屋は、美しい海の見える窓の側に置かれた座卓と座布団、片側にきれいに畳んだ寝具と旅行鞄ひとつだけで、がらんとしていた。受刑者の部屋もこれよりはまだ人間らしいはずだと思った。いざとなれば、寝起きでもすぐに出かけられるようにあらゆる準備を整えてある、そんな部屋だった。そのベージュ色のジャンパーは壁に打ち込まれた釘に掛かっていた。ゴムの入った袖口が広すぎて、誰が見てもすっかり流行遅れなのがわかる一九九〇年代風の垢抜けないジャンパー。この家を訪れるまで、息子は、彼が自ら進んで自分の人生から完全に出て行ったように、自分も彼をきれいさっぱり忘れたはずだと思っていた。しかし、壁に掛けられたそのジャンパーを見た瞬間、それは不可能だとわかった。母親と自分が暮らしていた場所から車でわずか五時間ほど離れた街の一室に掛かっているそのベージュ色のジャンパーが息子を苦しめた。息子にとって誇れるところの何もない父だった。彼がどうして家族を捨ててその街まで流れついたのか、知りたいとすら思わなかった。ところが息子は、壁に掛かったベージュ色のジャンパーを見上げているうちに、旅行鞄ひとつを残して去った父親がこの十年の間何をしていたのか知りたくなった。

息子が図書館を訪れたのはそのためだった。この十年間に彼がしたことといえば、一日も欠かさずに図書館に通って本を読んだことだというのだから。その日は夏の読書教室の始まる日で、図書館の職員たちに息子の応対をしている余裕はなかった。その上、絶対に休暇期間は譲れないとでも言うような勢いで前日に講義室から飛び出したカンが朝になっても図書館に現れなかったので、人手が足りなかった。カンのせいで朝からかなり不機嫌だったチェは、彼が毎日図書館に来て本を読んでいたことを除いてはお話しできることは何もないと無愛想に答えた。その瞬間にも、三階では子どもたちが飛び回る声が騒々しく響いていた。チェは、彼がなぜ毎日図書館に来て本を読んだのか、また、何かものを書いていたようではあるが、それがどんな内容だったかはわからないと息子に言うと、三階に電話をかけて神経質な声でパクに子どもたちを静かにさせるように指示した。チェが息子に伝えられる唯一の情報は、彼が『世界で一番古い物語』を読んだことだけは確かだということだった。今度はチェが息子に、彼はどんな人なのか尋ねた。息子は、少しもためらう様子を見せずに、父親の前歴を聞かせてくれた。息子の話が終わる頃、カンがチェに電話をかけてきて、体調が悪いから一日休むと言った。その電話にチェの怒りはとうとう爆発した。

チェが顔を真っ赤にして受話器に向かって大声でわめいているのを見た息子は、そっと立ち上がって事務室から出て行った。息子は一般閲覧室に行った。息子はチェの言っていた円卓に近付いた。ひょっとしたら父親の痕跡でも残っているのではないかと探そうとするように、息子は円卓を囲む椅子をじっと見つめていた。毎日朝九時から夕方六時まで座っているには、その赤褐色の椅子はあまりにも堅く見えた。息子はそのうちの一つに座ってぼんやり書架を眺めた。しばらく円卓を撫でてみたり、振り返って窓の外の風景を見下ろしたりしていた息子は椅子から立ち上がった。息子はまず三〇〇番台の書架を、そして閲覧席の通路を挟んで対角線上に並んでいる九〇〇番台の書架をざっと眺めた。朝九時から夕方六時まで一日も休まずに読むとして、十年あれば十分に読みきれそうな数の本が並んでいた。息子にそんな時間が許されるとしたら、文学書の八〇〇番台を読んだだろう。そうしたら、十年以上かけてもすべて読み切れないだろう。また、そうだとしたら、父は今も変わらずに円卓に座って本を読んでいるかもしれない。そんな想像の果てに、これ以上自分の父親について新たに知ることはないと思った息子は、図書館から出て行った。

その日、仕事を終えて帰る職員たちにチェは、朝、図書館にやって来た彼の息子から実に興味深い話を聞いたから、気になる人は向かいの居酒屋に来るようにと言った。夏の読書教室のために前日も遅くまで残業していた職員たちは、話を聞きたいとも思わないし、酒を飲みたくもなかったが、休暇申請で神経戦を繰り広げた挙句に欠勤したカンのせいで一日中チェの虫の居所が悪かったことを知っていたので、いやでも行くしかなかった。十年以上自分の父親がどこで何をしているか知る由もなかった息子から聞き出せる話などあるのかと思ったが、チェが息子から聞いた話の長いことといったらなく、とてもじゃないが酒の席が終わる気配はなかった。まったく、夏休みのくそったれ。

話はこうだ。息子が高校二年だった年の秋に彼は失踪した。それまで過ごしてきたいつもの日々となんら変わらない平凡な朝だった。座卓の前に座って新聞を読みながら朝食をとると、妻が買ってきたベージュ色のジャンパーを着て彼は家を出た。静かな秋の雨が降り始めたその日の夜、彼はとうとう帰ってこなかった。彼が家に電話をかけてきたのは翌日の真夜中だった。彼は、寝ぼけたままの妻に、急に何日か出張に行くことになったと説明した。妻は着がえの準備もしてやれないまま出張に送り出したことを悔やむだけで、行き先も日程も尋ねなかった。数年前に警察庁保安課に転勤になる前も、そうした突然の出張が何度かあった。出張中も家に欠かさず電話をしてくる人だったのでさほど心配しなかった。もちろん、電話の内容は簡単なものだった。特に変わったことはないか？　変わりはない。俺は元気にしている。ご飯をちゃんと食べるように。ところが、その時は電話がなかった。代わりに新聞記者だと名乗って彼宛にかかってくる電話が三、四回あっただけだ。彼が出張に出かけて三日が過ぎると、妻は不吉な予感に襲われた。妻は警察庁に電話をかけた。

何人かに回された後に電話を取った男は、警察庁にはそんな人はいないから他所に電話をかけるように言った。妻にしてみれば呆気にとられるしかなかった。妻は、電話に出た人は夫が同じ場所で働いているのを知らないのかもしれないと思った。妻の予想は半ばは当たっており、半ばは外れていた。彼が警察庁に勤務していたのは事実だったが、左翼事犯担当の保安課は分室で、庁舎の外部にあった。電話で身元を確認するなどいくつかの手続きを経て、妻はやっとヤンジョン物産という会社の電話番号を手に入れた。ヤンジョン物産は彼の実際の勤務先だった。電話口の彼の直属上司だというキム常務は、彼をコ刑事とも、コ警部とも呼ばず、ただコ部長と呼んだ。

キム常務は、彼がもう一週間以上も無断欠勤していて、会社でも皆心配しているところだったと言いながら、今後も無断欠勤が続くようなら人事で不利益をこうむるほかないというようなことをほのめかした。夫に何か深刻な問題が起きたことを直感的に察知した妻は、部下が一週間以上も無断欠勤をして心配していたならば、なぜ一度も家に連絡をしなかったのか問い詰めた。キム常務は、ヤンジョン物産は特殊組織だという点をわかってほしいと答えた。耳にもぞもぞと足の長い虫が忍び込んでくるような気味の悪い声で。その声のおかげで、自分の不吉な予感が単なる兆候では終わらないことを確信した妻は、自分の夫を心配してもらうにはヤンジョン物産という幽霊会社の社員より、新聞記者のほうがましだということをそれとなく悟った。

翌日、約束の時間から二時間も経ってから永登浦《ヨンドゥンポ》市場の路地の地下にある喫茶店に現れたキム常務は、四十代になったとたんに両耳の脇に白髪の見え始めた彼と比べて十歳は若く見えた。キム常務は激しさを増す一方の学生デモのせいで会社の業務が急増し、なかなか時間がとれないなどとつまらない言い訳をして、ひょっとしてこの頃彼がおかしな行動をとることはなかったかと尋ねた。妻は、学生デモのせいで忙しいのは、ヤンジョン物産が催涙弾をつくる会社だからか、何をしている会社か知らないが、この会社に勤めてから夫が少しずつ変わっていったのは確かだと言った。するとキム常務は、まさにそこが問題だったと指摘し、夫が円滑に仕事をこなせないので、会社が大変な危機に晒され、そのために夫が責任を逃れようと姿をくらましたと思われると言った。夫がどんな過ちを犯したのか妻は尋ねたが、キム常務はブルドッグのように顔を思い切りしかめるだけで、何も言わなかった。

「奥さん、この世には三種類のハエがいるんですがね」と言いながら、口を閉ざしていたキム常務がぽつりぽつりと言った。「一つは汚いコバエ、次にもっと汚い銀バエ、一番汚いハエは新聞記者の輩ですよ。今、お宅のご主人が用を足して溜めておいた糞のかたまりに、そのハエ野郎どもが必死で集まってきてるところなんです。そのハエ野郎どもに会ったら、糞に出くわしたと思ってすぐに避けたほうがいいですよ。そうすれば、ご主人は帰ってきます。そうでないと……」。そこでキム常務は口を閉じた。妻は、夫の生死がキム常務のその口にかかっているかのように見つめた。「大変なことをしたのがばれちゃいますよ。世の人たち全部に。考えてもみてください。奥さんもそれを望んでいるんじゃありませんか。私たちがなんとかしますから、とにかく家に帰ってください。コ部長は無断欠勤中なんです。あのハエ野郎どもがどこに行ったのか尋ねてきたら、浮気をして逃げたとでも言えばいいですよ。だってそうじゃないですか。むしろ、そうだったらどんなにいいか。そんなことで逃げたんだとしたら、私なんてどれほどありがたいか」。

彼が、一体全体どれだけ大きな糞をしたのかはわからないが、家に帰ったとたん、キム常務が言った通り新聞記者たちが休む間もなく電話をかけてきて、彼の行方を尋ねた。どの電話にも妻が断固として口を閉ざすと、新聞記者たちは彼女を攻めたてた。そうやって隠したからってすべてが解決するわけじゃないんですよ。お宅のご主人がヤンジョン物産の核心人物じゃないってことは僕らもみんなわかっています。今、国が大騒ぎになろうとしている時に、ヤンジョン物産では比較的顔が知られていないお宅のご主人に、あらゆる罪をかぶせようとしているんです。ところでお宅にはテレビはないんですか？　ヤンジョン物産に入った学生が一人死んだんですよ。ご主人がどこにいるかだけ教えてくれれば、私たちが守ってあげられるんです。だから、教えてください。いや、だから浮気したとかじゃなくってですね！　なんですって？　誰と浮気したって？　キム常務？　キム常務って誰ですか？　おい、このおばさん！　だんなが死ぬのを見たいってのか、気が狂ってんのか、なんなんだよ！

ようやくキム常務の言う糞だとか、新聞記者たちの言う肥だめが何を意味するのかはっきりわかった妻は、電話のコードを抜き取り、テレビをしまい、誰が来てもドアを開けなかった。ドアの外では、ある警察官が単独で学生たちを水拷問して一人を死なせ、その直後に雲隠れしたので全国に指名手配しているという警察の特別調査団の緊急発表をみんながあざ笑っていたが、妻はそんな世間のことにはまるで関心がなかった。妻が考えていたのは、夫の着ていったジャンパーの色だけだった。その色が全然思い出せなかった。あまりにありふれたベージュ色だったせいで、もし夫がそのジャンパーを着て十メートル先に立っていても、彼女がそれに気づく術はないような気がした。それに、その一重仕立てのジャンパーでこれからの冬をどうやってしのぐというのか。いくら考えても、迫っている冬の寒さが気になって仕方ない妻は、キム常務について聞いて回った。何人かに当たった結果、彼女はようやくキム常務と電話で話すことができた。妻が何か言う前にキム常務は、数日前に彼から退職願が届いて受理されたから、今後は会社に電話しないでくれと言った。その言葉に妻が号泣すると、キム常務がいらだちの混じった声でつぶやいた。

ここまで話した時、チェの携帯が鳴った。チェは通話ボタンを押したまま、職員たちにキム常務の話した内容を真似して言った。職員たちはみんなげらげら笑った。チェが携帯を耳に当てた時、電話は切れていた。カンだった。なんなのよ、これ、人を馬鹿にして。休暇と欠勤のことで再び気分を害したチェがカンに電話をかけたが、カンは出なかった。

その日の朝、目を覚ますと体調もすぐれず出勤する気分でもなく、布団の中でぐずぐずしていたカンは、正午近くになってからやっと図書館に電話をかけて休むと伝えた。それでカンが得たものといえば、その日だけは彼の息子の話を聞かずにすんだことだけだ。チェに電話するのは考えるだけでもぞっとした。よりによって夏の読書教室の初日に休んだのだから、雑務を片付ける職員がいなくて困っただろうことはわかるが、いくらそうでも、どうして具合が悪いという同僚にあんな応対ができるのだろうか？　いつも自分勝手に振る舞って同僚に迷惑をかけてるって？　いいわ。ぼけっとして仕事一つまともに片付けられずに問題ばかり起こしてるって？　それもいいとしよう。でも、結婚もしていない女にむかって男さえ見ればへらへら尻尾を振っているだなんて。今回はどんな男がひっかかったのか、真夏に休暇を取るその魂胆は見え見えなんだから油断するなだなんて。こんなことを言われるくらいなら、体調が悪くても出勤するんだった。一日休むと言ったせいで、カンはもっと嫌な思いをさせられるはめになっただけだと思った。カンは布団をかぶってしばらく泣いていた。そうやって寝ては目を覚まし、泣いては眠りについて夕方になった頃に起きたカンは、ひどく重い体を起こして夕飯をかきこんだ。温かいご飯を食べたら少し元気が出た。すると、チェもそんなに悪い人じゃないような気がしてきて、すべてをありのままに話せば、彼女もわかってくれるかもしれないと思った。昨日、なぜ自分が泣きながら講義室を飛び出すしかなかったのか、なぜ出勤もできないほど具合が悪かったのか。カンは携帯電話の住所録からチェの番号を探して通話ボタンを押した。呼び出し音が鳴り出した。

すべては、カンに仕事が集中していたせいだった。新規の貸し出しカードを発行する仕事から、貸し出しと返却を受け付け、延滞図書を管理するのはもちろん、入庫希望図書リストを整理して、新着資料リストを掲示板に貼る仕事まで、一般閲覧室の貸し出しと関連したあらゆる雑務はみなカンの担当だった。図書館で働くといえば、チェのようにコーヒーをすすりながら好きな本を読んでいられると思いはしても、一日中貸し出しデスクの前で身動きもできずに座ったまま人々を見上げてオウムのように「返却期限は七日後です」と繰り返していると、誰が想像するだろう？　図書館の入り口の返却ボックスに夜間に返却された本を運んで書架に戻すのは、本も少ないし、朝なので少し余裕があったが、閉館間際になって日中に返却された図書と閲覧室のあちこちに散らばった本を書架に戻す仕事はいつも焦ってばかりだった。夕方に約束でもあろうものなら、著者記号まで合わせて本を戻すのはあまりに大変で、だいたいの分類記号に合わせて戻すことも多かった。ほかの司書たちも著者記号まで完璧に合わせて本を戻すことは稀だが、少なくとも著者の名前の二番目の文字を記号化した真ん中の数字までは合わせておく。カンは著者記号を無視して単に分類記号だけを合わせて戻したから、一般の人はわからないだろうが、書架について少し知っている人が見れば、見苦しいと言われてもしょうがないレベルだった。

書架が徐々に乱れていることに最初に気づいたのが彼だった。分類記号や著者記号はよくわからなくても、彼はその図書館の書架にある本の位置はすべて把握していた。彼は、次の休館日が全職員で書架を整理する作業日だということも知っていた。その日、カンは遅まきながら、ごちゃ混ぜになった著者記号をきちんと合わせるのにうんうんうなっていた。彼がいなかったら、その日は家に帰れなかったかもしれない。彼は全面的に記憶を頼りにして本を元の位置に戻したが、請求記号に従って確認すると、どれも正確な位置だったから、カンは感嘆せずにはいられなかった。そうやってカンは彼と一緒に本を整理しながらたくさんの話をすることができた。最初は本にまつわる話から始まった。彼は本で読んだ内容をまるで自分が体験したことのように話して聞かせる才能があった。図書館の職員は彼が三〇〇番台と九〇〇番台の本ばかり読んでいると思っていたが、実際は八〇〇番台の文学や六〇〇番台の芸術書は言うまでもなく、一〇〇番台の哲学書や四〇〇番台の科学書、さらに五〇〇番台の技術書まで網羅していた。その結果、古今東西の文学や芸術、科学や哲学を扱う本の優れた内容が彼の口から流れ出てきたのだ。

「私もそんなふうに一日中、本ばかり読んでるのが夢だったんです。あなたみたいに暮らせたらどんなに幸せでしょう」

書架の整理を終えて図書館から降りてくる道すがら、カンは彼に言った。カンの言葉に彼は苦笑いしながら答えた。

「そうですよね。十年間、一日も欠かさず私は本ばかり読んできました。この図書館にある本はほとんど読んだ気がします。もう去り際なんでしょうな。でもおかしなものです。最初はそうじゃなかったのに、本を読めば読むほど、私の人生はむしろ不幸になっていきました。今は、いっそのこと本なんて読まなければよかったと思うんです」

「お金や家族の心配をせずに、一日中思う存分本を読めるのになぜ不幸になるんですか？」

「ははは、話すと長いんで、どこかでビールでも飲みながら話しましょうか」

二人はタクシーに乗って図書館から十分ほどの所にある観光地のホテルのバーに行った。ピアノの演奏が流れるバーに座ると夜の海が見えた。夜の闇の中で波が揺れていた。それぞれ感銘を受けた本についてあいづちを打ちながら話している間、テーブルの上の空き瓶は増える一方だった。徐々に言葉数が少なくなった彼が揺れる黒い波を眺める時間が長くなった。夜の海を眺めながら彼は、自分の人生にも一度くらい真実の瞬間がなければいけないのではないかと思った。彼はゆっくりと口を開き、自分が強行班の刑事として働いていた頃のエピソードを話し始めた。例えば、最近はずいぶん変わったものの、自分が強行班にいた七〇、八〇年代は、殺人事件の被害者が死に際に最後に目にする顔は大部分がよく知っている人の顔だとか、殺人者が被害者よりずっと腕力のある場合は外傷が少ないが、殺人者が被害者より力が弱い場合は、逆にむごたらしいほどめった刺しにする場合が多く、これは力の強い被害者が生き返ることを恐れてのことだという話とか、絞殺、つまり首を絞められて窒息死した死体は大部分がとても腕力の強い相手にやられた場合だとか、カンが初めて耳にする話ばかりだった。絞殺について説明する時に彼は両手でカンの襟首を触ったりしたが、カンはその手を拒むそぶりを見せなかった。その頃にはカンもある程度酔っていた。

彼は刑事として経験した中で今も忘れられない眼差しが一つあって、実は薪智島の近くの無人島で二日間夜を明かし、警察を辞めて図書館で本を読みながら過ごそうと決心したのも、その眼差しのせいだと打ち明けた。互いに一度も会ったことのない、またその先も会うことのなかったあの眼差し。でも、今となってはあの眼差しを自分の視界から追い払えなくなった彼と同じように、墓場まで彼の姿を持っていかなければならなかったあの瞳。

「誰の眼差しだったんです？」

カンの問いに、いつの間にか隣に座って彼女の手を撫でていた彼が驚いた。

「えっと、だから、大学生でした」

「美貌の女子大生？」

彼が答えずにいると、カンが肘で彼の胸をトンとつついた。

「当たりなんでしょ？　だから、その女子大生と恋に落ちて、家族を捨ててここまで逃げてきたんですね。その女子大生はどうなったんですか？　死んだんですか？」

「私は、あの眼差しを忘れるために図書館で本を読み始めたんです。最初は資料を集めて、本を書こうと思っていたんですよ。正しい価値観に基づいた韓国の歴史をきちんとまとめてみたいと思って。この国を守るために血と汗を流した人々の歴史をね。あの時はすべてが間違っていると思っていました。この国がどのようにここまで発展してきたのか知らないから、若い人たちがあんなふうに歪んだ価値観を持つようになったんだと思ったんです。でも、それがなかなか思うようにいかなくてですね」

「忘れようとしてもその眼差しが浮かんできてどうしようもなかったんですね？　それならいっそのこと小説を書けばよかったのに、どうしてよりによって歴史の本を書こうとしたんですか？」

「ほんとにね。どうしてよりによって……どうしてよりによってあの瞳が最後に見た人間が私でなければならなかったのか、今も苦しくて仕方ありません。あの時まで、私たちは一度も会ったことがなかったというのに」

彼はため息をついた。逃避生活の中で自分の行為の正当性を明らかにする本を書いてから、堂々と検察に出頭するつもりでいた計画は、図書館にこもって一年ほどすると立ち消えになった。書架を埋め尽くす数々の本と、その気さえあればすべての本を読み切れるくらいある時間のせいだった。本には、実にさまざまな人生を経験した数多くの人々の物語が出てきた。人生の起伏を経験する時、彼らの内部には泡のようにさまざまな感情がわき起こり、その感情によって人生は再び予測できない場所へと流れていったが、それでも彼らが死なない理由は、単純な文章のおかげだった。彼が本の中で目にした「私には夢がります」とか、「私たちは幸せに暮らす権利がある」といったような。それが歴史書であれ、科学書であれ、哲学書であれ、一年間手当たりしだいに本を読んだ後に彼が悟った真理は、どこまでも単純だった。これまでは、日々の忙しさに追われてそのことに気づいていないだけだった。そういう時は、決まってあの大学生の眼差しが思い浮かんだ。あの瞳にも夢があったはずで、幸せに生きる権利があったはずだ。彼の言葉は正しかった。本を読むんじゃなかった。

彼は警察庁保安課に転属になってから自分の人生が狂い始めたことに徐々に気がついた。一年過ぎた頃からは、単なる苦痛、純粋な苦痛があるだけだった。その苦痛を忘れるために、彼は別の本を、もっと多くの本を手にとるようになった。しかし、読めば読むほど苦痛は大きくなるばかりだった。図書館にあるどんな本を読み解いても、死者が生き返る話はなかった。老人が若返って新しい人生を生きるという話も出てこなかった。人生はたった一度しか生きられない。過ぎ去った瞬間は二度と取り戻せないと、その図書館にあるあらゆる本は語っていた。死ぬその日まで、あの瞳を忘れることはできないことが明確になるにつれ、彼は絶望の波に巻き込まれ始めた。彼は、藁をも摑む思いで、懸命に力の限り本を読んだ。図書館にはこれほどたくさんの本があるのだから、その中の一冊くらいは、自分のような人生もこの世に必要だと言ってくれる本があるような気がした。

彼が再び酒を口にしたのは、図書館にどんな本がどこに置いてあるのかすべて把握した頃だった。図書館が閉まると、お化けでも出そうな部屋に帰る代わりに、一人で飲み屋を転々とした。酒に酔うと海辺に下りて、黒い波をいつまでも眺めていた。自分はその黒い波の中で溺死するためにこの十年、毎日図書館で本を読んだのだという気がした。十年の間、血液よりも塩分濃度が高い海水が彼の体内に入ってくることだけを待ちながら。そして、彼の体の中にあるあらゆる水分が肺の血管に集中して、終いには肺の中の毛細血管が圧力に耐えかねて破裂するまで、そして肺から出てきた粘液が口や鼻の穴から飛び出してくるその瞬間を想像しながら。彼の体は顔を下にして腕と足を垂らしたまま漂うことになるだろう。水の上を漂う大部分の死体がそうであるように。顔と胴体と手と腕とふくらはぎと足には、もはや心臓に回ることのない血液が溜まるはずだ。

この十年、自分は絶望の海の中でそうやって溺死してきたのだと信じながらも、彼は最後の瞬間には、自分で自分の首を絞められるようにと切実に願った。ある朝、海辺で発見された自分の遺体を検死した時、眉の周囲や口の中から窒息による溢血点を見つけられるように。また彼は、口を開けてできるだけ多くの水を肺の中に吸い込めるよう願った。死んだ自分の肺の中に、そして血液の中に、数多くのプランクトンが入っていったことを世のすべての人たちがわかるように。十年前、自分が浴槽に頭を押し込んで殺したあの学生の体から人々が発見した痕跡と同じように。おお、その時はどうか私をお赦しください。どうか。

夜の海を眺めていた彼が涙を流しながらつぶやいた。カンは彼の手をぎゅっと握った。これほどまでに切実に懺悔するのならば、その学生も彼を赦してくれるはずだとカンは慰めた。カンは彼を抱きしめた。彼の涙がカンのシャツをぐしょぐしょに濡らした。カンは恐怖にぶるぶると震える彼の頭を撫でながらつぶやいた。そんなに苦しまないでください。その学生は死にゆくその瞬間もあなたのことを愛していたはずです。あなたと一緒に過ごした時間は幸せだったと思っているはずですよ。この世に生まれて、あなたのような人と出会えたことだけでも幸運だったと思っているはずです。愛はどんな瞬間にも恨んだりしないのだから。だからそんなに苦しまないでください。あなたを恨んだり憎んだりはしなかったはずだから。すると、彼が恥ずかしげもなく声をあげておんおん泣き出した。大丈夫ですよ。どうしようもなかったんですから。その学生はもうあなたのことを赦したはずです。しかし、深夜のホテルのバーに突然響き渡った慟哭は、なかなか静まりそうになかった。

だからだ。だからカンは、彼が海岸で遺体で発見されたと聞いて、自分の体も痛かったのだ。ここまで説明しても、カンを理解できない人などいるだろうか。いくら夏休みが大事だとはいえ。それなのに、カンの電話を取るやいなや、チェはあのうんざりするような冷酷な声で突如叫びだした。

「あんたね、退職金はじきに給料口座に振り込まれるはずだから、これからはこんなふうに電話してきて催促しなさんな、ふん」

どこにいるのか、チェのその言葉に人々が拍手までしながら騒がしく笑っている声が聞こえた。泣き声になったカンは、電話を切って携帯電話を部屋の隅に放り投げた。その携帯電話がブルブルと鳴っている間にカンは決心した。夏の読書教室が終わったらすぐに夏休みをとるんだ。チェの言葉に気を悪くしたからではなく。今、私には休みが必要なんだ。

1 【カナダラ順】日本語のあいうえお順にあたるハングルの順番。

世界の果て、彼女

何かを予感させるものがある。翌日山に登るためにリュックサックを出してきて、期待に胸膨らませて見上げた窓の外に見た月の光の輪。二時間も待たされたにもかかわらず、便意でももよおしたのかこわばった表情で座り、何の質問もしない面接官。徹夜しっぱなしでも一週間ではとても手に負えそうにない膨大な課題をすべてやり遂げて、誰よりも先に着いたのにしばし机につっぷし、気がつけば一時間も経っていて呆然と見回すがらんとした講義室。月の光の輪や、今にもトイレに駆け込みたそうな顔、あるいはいつの間にか過ぎ去ってしまった一時間には、僕らが人生とは不可思議なものだと言えない何かがある。当てにならない記憶力のせいで、途中いくつかの歯車が抜け落ちたように見えたとしても、結局のところ、人生は嚙み合う歯車で動く装置のようなものなのだから。あらゆることには痕跡が残ると決まっていて、そのせいで僕らは少し時間が経ってからやっと、何が最初の歯車だったのかわかる。

僕が愛について語るようになる最初の歯車の役割を果たしたのは、図書館に勤めていたある女性ボランティア職員の勤勉さだった。いつも率先して仕事を見つけていた彼女は、新しいメモやさまざまなお知らせを貼った掲示板の片隅がいつも空いていることに目をつけて、司書たちの同意を得てA4用紙に毎週一篇の詩を印刷して、画鋲でとめるようになった。その歯車に新しい歯車が嚙み合って回り始めたのは秋、冬、春、そうやって三つの季節が過ぎてからだった。五月が始まる頃、彼女は夫の仕事の都合で地方に引っ越すので仕事をやめ、しばらくの間その場所にはナ・ヒドク[*1]の詩が貼られていた。そのうち、このままだと「今週《イジュウ》の詩」が「移住《イジュウ》の詩」と読まれてしまうのではないかと誰かが気にかけたのか、それとも本当の意味でのボランティアとはこういうものだと言いたかったのか、図書館利用者の一人がシン・ギョンニム[*2]の詩をそこに貼った。

　すると、何人かの人たちが先を争うように、この国にはこんなに素晴らしい詩人がいると紙と画鋲で披露し始め、やがて掲示板がごちゃごちゃしてくると、誰かが、とりとめもなく詩を貼り付けるのではなく、気の合う人たちが一週間に一度集まって、掲示板に貼る詩を選ぼうと提案した。そうやって、詩を輪読する集まり「一緒に詩を読む人々の会」略して「一詩会」ができたという伝説のような話。僕は、自分が好きな詩（チェ・ハリム[*3]の詩）をその掲示板に貼った三番目の人間だった。前もって詩を選んでいたわけではなく、いろんな詩が貼ってある掲示板を見て、その場でノートに万年筆で殴り書きしたものだった。「六、七歳の頃、海にはかもめが飛んでいた」で始まり、「わたしたちが年老いてもおそらく同じだろう。そこには、夕暮れの影が人間の悲しみのように静かに垂れ込めていることだろう」で終わる詩だった。[*4] とはいえ、その提案に同意した人たちが毎週水曜日に集まってそれぞれ選んできた詩を一緒に読み、翌週掲示板に貼る詩を一篇選んでいても、その集まりに顔を出してみようとは考えもしなかった。

そのうちに六月を飲み込んでしまいそうな激しい梅雨も明けて、暑くて暑い、とにかく暑いだけの灼熱の真夏の陽射しが照りつける頃、本を借りに行った僕は、掲示板に「世界の果て、彼女」という詩が貼ってあるのを目にした。その詩によれば、詩人が歩いている道の終わりにはメタセコイアの木が一本立っている。そこがまさに世界の果てで、そこで彼らは「火と涙が互いに沁み込むように、あるいは月と虹がそうなるように」並んでメタセコイアの太い根元に寄りかかって座るはずだった。そうしている間に「愛はあんなふうに遅れて／触れさえすれば／触れさえすれば／跡形もなく、一片の曇りもなく／三月の雪のように」消え去るという。その詩と詩人の名前をしばらくの間眺めていて、「湖を前にして立っている一本のメタセコイア」という一節に惹かれた僕は、図書館のパソコンで検索して、ほどなく『メタセコイア、生きている化石』という本を見つけた。僕が、閲覧者もほとんど通らない植物学コーナーにあった、おそらく誰も借りたことがないと思われるその本を借りたのは、考えようによっては当然のことだったのかもしれない。

「葉の散る宵のうち、墓の多い山の中を通り過ぎました。いつの間にか私はうつむいて歩いています。差し込んできた陽射しの一部は明るく、人気のない山の中に吸い込まれます。人気のない山の中で、水は流れ流れ、静寂の底からわき出てきて合流します。体がぽかぽかしてきます。知っている人に、ばったり出くわしてみたいものです」

中年の男が一人、照れくさそうに詩を朗読し始めた。梅雨が完全に過ぎ去り、昼の熱気がまだ残る、ある水曜日の夕方のことだった。僕は十二人が輪になって座っている地下会議室で、いったい誰があの「世界の果て、彼女」を選んだのかを気にかけながら、参加者の顔を一人ずつ見ていた。その集まりに参加するまで、僕は「一詩会」は、デビューを夢見る遅咲きの文学少女たちが文芸誌を通じて作家を招いたり、創作の参考になるような優れた詩を鑑賞し、互いに書いた詩を批評したりする、そうした集まりだと思っていた。参加してみると、一詩会は図書館が主催する一般的なカルチャー講座とは少し違っていた。後でわかったことだが、一詩会の会員は全部で二十一人、それぞれの事情で水曜日の集まりには十五人ほどが出ていた。ニュータウンに住む若い主婦が多かったが、軍人、教師、大工、弁護士、看護師など職業もさまざまで、年齢も中学生から年配の人まで幅広かった。中年の男は「私の国の言葉では／とうてい呼ぶことのできないあなた……」と最後まで詩を読んだ後、しばらく口をつぐんでから咳払いした。

「数日前に区役所の露天商撤去に抗議するデモがあって、露天商の一人が自殺したんです。それで昨日、露天商たちが道路を占拠してデモを行ったので、城山大橋《ソンサンデギョ》の近くから自由路《ジャユロ》が渋滞してたんですが、皆さんご存知でしたか？」

座っていた人々の何人かが彼の問いに答えた。そうでしたね。三時間も。あれには参りました。僕はそのことをまったく知らなかった。

「女性社員と一緒に取引先に出かけて帰ってくる途中だったんですが、一時間近く渋滞に巻き込まれたままで、こうしていても意味がないと思ってガソリンスタンドの隣にあるコーヒースタンドの前に車を止めました。二人でひさしのついた店先に座って、漢江越しに空を眺めながらコーヒーを飲みました。で、びっしり車の並んだ道路を眺めていたら、突然、今のこの時間は私の人生で一番のんびりした時間なんだなあ、と思ったんですね。その女性社員に言いました。今この道がなぜ混んでるのか知ってる？　はい、ラジオで露天商たちがデモをしているからだって言ってました。いいや、うんざりしてるからさ。私が言いました。新聞で、その自殺した露天商に関する記事を読んだんだがね。四十二歳、私と同じさ。四十二歳というのはそういう歳なんだ。この道はいつだったか一度来たことのある道だということ。これまで歩んできた分だけ、またこの先も走らなければならないということ。その人もそんなことにうんざりして自殺したのさ。そこで話は途切れました。しばらくの間二人とも黙っていて、所在なくコーヒーを飲んでいました。その時、この詩が思い浮かんだんです。大学の新入生の時、飲み屋でよく会う奴がいて、酒に酔うと必ず涙をぽろぽろ流しながらこの詩を口にしていました。得体の知れない奴だと思っていたんですが、実は私と同学年で学科も一緒だったんです。まったくね……、そんな時代もあったんです」

「その女性社員に何か下心でもあったんじゃないんですか？」

僕と同世代の女がくすくす笑うような声で彼に尋ねた。

「下心だなんて、それに、四十を過ぎてからはもう、別れるなんてのはたいしたことじゃありません。その彼女とも別れました」

「じゃあ付き合っていたということですか？」

今度は白髪の老婦人。

「何も付き合ってる人たちだけが別れるわけじゃないでしょう？　毎日別れているじゃないですか。朝会って夕方別れて。妻とだって夕方に会って、朝になれば別れるのだから……」

「すごくせつない話ですね」。思わず僕は口にしていた。我ながら声が少し大きかったせいか、みんなが僕を見つめた。

「今日初めて来られた方ですよね？　詩は持ってきましたか？　今までの感じで私たちがどんなふうにこの会を進めているかはだいたいわかりましたでしょう？　詩を一篇読んで、なぜその詩を選んだのか話してくだされぱいいんです。何か読んでみませんか？」

少し事務的な声で、その老婦人が僕に言った。

要するにこういうことだ。その年の春、大学を卒業した僕はひと月ほど家にこもりきりで、桜の花が散り始める頃になって、市内のショッピングモールにあるコーヒー専門店で朝十時から午後四時までのアルバイトを始め、日が暮れるとペ[*5]・チョルスがDJをしているラジオ番組を聴きながら湖の周りを走り、思い出すたびに毎回必ずではなく、三回に一回の割合でナンアという名前の女子学生に、たいして重要でもない携帯メールを送っていた。彼女もメールを受け取るたびに必ずではなく三回に一回の割合で返事をよこしたが、その時は「ナナ」という名前が僕の携帯の液晶画面に現れた。「先輩の気を引こうと思ってわざと仮病をつかったの　6/15 10:48 am ナナ」という具合に。ナナは、中学校の平教師のまま引退したというおじいさんがつけたナンアという名前が子どもの頃からずっと好きじゃなかったからと、彼女に頼まれて使う名前だった。おかげで僕は一日に十回以上もエミール・ゾラの書いた小説を思い出さなければならず、ついに図書館でその本を探して手に取ってみたが、女性主人公ナナの性生活が乱れているということがわかっただけで、現代の言葉で新しく翻訳される必要を感じたその自然主義小説を最後まで読みはしなかった。こうして、僕の二十四歳の二つ目の季節は、十九世紀の自然主義小説のページをめくるようにして過ぎていった。

そのうちに梅雨になり、雨が降っている間は走れなかったので、僕は図書館から借りてきた本を読みながら梅雨が過ぎるのだけを待った。ナナではなく彼女に、それも携帯メールではなく電話をかけたのは、もしかしたら梅雨のせいかもしれない。しばらくの間、僕たちは天気についてばかり話をした。いっそのこと、ざあざあ降りになってくれれば気持ちだけでもすっきりするものを、降ったかと思えば止むような中途半端に続く梅雨について、空を均等に埋め尽くした無味乾燥な灰色について、暑くて、暑い、とにかく暑いだけの夏の陽射しが恋しく思われる本能について。僕はいつまでも続く梅雨のせいでジョギングができずにいると話し、彼女は、僕がジョギングをするとは思いもしなかったと答えた。それからどのタイミングだったか、彼女が僕に言った。「そうなんだよね、よかった。ほんとによかった。とはいっても、私たちはもうあの頃には戻れないんだよね」。その言葉は僕を幸せな気分にし、また悲しくもさせた。まず「そうなんだよね」という言葉のせいで、その次は「とはいっても」という接続詞のせいで。そうなんだよね、でも。そうなんだよね、とはいっても。電話で彼女と話した後しばらくの間、例えば、サンドウィッチを作るためにキッチンのテーブルの上に食パンを一列にずらっと並べながら、あるいは、図書館の前の休憩所で煙草をくわえながら、まるで僕の未来のように不安で曇ってばかりの風景を眺めている時に、その言葉を繰り返した。

「そうなんだよね、もしかしたらこの梅雨は永遠に続くかもしれない。とはいっても、僕は一度走ってみるつもりだ」と思うようになったのは、それから数日が過ぎて梅雨が終わろうという頃だった。僕は黄色い短パンに半袖のシャツを着て小雨がぱらつく空を見上げて走り始めた。僕が住むニュータウンの住宅街で、同じようなサイズの集合住宅と低層アパートが並ぶ通りや、二十四時間車が止まっている狭い路地には、雨水が下水溝を探して、まるで下校する小学生の群れのようにまとまって流れていた。かつてコウゾが茂っていた場所だという案内板の立っている小さな公園の桜と欅には、もう何日も鳥たちが来ることはなく、片隅に寂しそうにぽつんと置かれたブランコと滑り台はひと季節分だけ錆び付いていた。その日は朝のニュースで黄色いズボンを履いたキャスターが朝鮮半島を横切る気圧の谷を指しながら、明日から蒸し暑くなるだろうと予報した金曜日で、夕方、僕は湖に向かって走って行った。服の中に雨水が浸み込んでくる量と同じだけ、ブランコと滑り台が錆び付いていくちょうどその分だけ、気圧の谷が朝鮮半島から少しずつ離れていく分だけ、僕の二十四歳という時間も流れていった。二十四歳の悩みというのは、その悩みすらもちょうどそのくらいの大きさだということ。望んだ分だけではなく、ただありのまま、それだけの大きさだということ。

三十分ほど走っただろうか、湖の反対側に着いた頃には全身が濡れてランニングシューズには水が浸み込んでいたが、雨は止み始めた。ふと風が吹いてくる西の方に顔を向けると、遠く西の空は明るくなっていた。西の空は黒い光であり、見ようによっては青い光だったり、また白い光にも見えて、それがあまりにも印象的で僕は息を深く吸って立ち尽くしたまま、しばらくその風景を眺めていた。空全体を覆いつくした雲は急速に明るくなっていき、地平線から晴れを暗示する空が広がっていた。初めは雨雲が、次には風が、そして夕刻が、再び季節が、そうやってひとつの季節が通り過ぎていった。その風景の中には、僕が想像できるありとあらゆる感情が入っているように見えて、息が落ち着くまで、風が濡れた僕の体を冷ますまで、木の葉にたまった雨のしずくが重さに耐えかねて落ちるまで、雲の隙間から青みがかった空が見えるまで僕はじっと立っていた。その日が梅雨の最後の日だと気がついた。あの西の空を、あの雲を、そしてでこぼこした大木の根元と水滴のついた木の葉に包まれた、でも一人で立っている背の高いメタセコイアの木を眺めているうちに。

再び歯車の話だ。メタセコイアはいつも何本か一緒に立っている。大概一列に並んで、そうでなければ森をなして。『メタセコイア、生きている化石』という本を読んで僕はその理由がわかった。一九四三年夏、中国・重慶で調査のために神農架に向かった中国の樹木学者・王戦は、マラリアにかかって万県農業学校に立ち寄り、その学校に勤めていた楊龍興から、百キロほど離れた磨刀渓にそれは大きな「神の樹」があるという話を聞いた。楊龍興の案内で四日間、険しい山と谷を越えて七月二〇日についに磨刀渓に着いた王戦は、高さ三十五メートルの大木と出会う。その木が一九四一年に京都大学の三木博士が化石として発見したメタセコイアだということは、一九四六年に明らかになった。メタセコイアは白亜紀に恐竜とともに生息していた木だが、氷河期に絶滅したとされ、一九四三年に奇跡的に発見された。その後、この木の苗木が植木鉢に移され中国の贈り物として韓国に渡り、大量繁殖に成功して各地に普及したのだが、もともと成長が早く、形も美しかったため主に街路樹として植えられた。近年になってからは、街路樹として植えられることが多く国内で一本だけのメタセコイアを目にするのはかなり珍しいことだった。

「それにしても、なぜ自分の見た木が『世界の果て、彼女』に出てくるメタセコイアだと思ったのですか？　湖の横に一本だけ立っている木だから？」

会が終わってから、準備した詩を読んでみるように言った老婦人が僕に言った。その時までは、これこそがこの歯車の最後だと思っていた。僕は一週間前に掲示された詩と同じ作品を選んだという理由で、一詩会の趣旨をまったく理解していないという印象を持たれたわけだが、そんな僕を救ってくれたのが、この老婦人だった。「その詩をもう一度選んだのには何か理由があるんでしょう。後で私と少し話しましょうか」と彼女は言った。その時、僕は予感がはずれたのだとわかった。そう。僕は下心があった。もしかしたら、その詩を媒介にして誰か、おそらく僕の世界の言葉ではとうてい読めない、名もない誰かに会えないだろうかと期待していたのだ。その無名氏は、今では頭に白いものが混じり、大きな目のふちにたくさんしわが刻まれた、最初に見た瞬間ミス・マープルと呼ぶにふさわしい感じのする老婦人だとわかった。そうやって僕たちは参加者が帰った会議室で自販機のコーヒーを手にして座った。

「僕も気になってたんです。メタセコイアという木が。だから図書館で『メタセコイア、生きている化石』という本を借りました。夜になって本を読もうとしたら、背表紙に透明なテープで誰かの名前が貼ってあったんです。つまり、あなたが……」

「ヒソンっていうのよ。キム・ヒソン。[*6] あの女優さんほどきれいじゃないけれどね」

　その言葉に僕はちょっと動揺した。

「えっと、ですから……、ヒソン先生が……」

「普通にヒソンさんて呼んでちょうだい。それはともかくとして」

「貼ってあった詩に書かれていた名前だったんです。あれ、これは偶然かなと思って見てみたら、図書館を最初につくったときに蔵書が足りなかったのか、市民から本の寄贈を募ったそうです。だから表紙の内側に〈本書は〇〇〇様からの寄贈図書です。ありがとうございます〉というスタンプが押してあるんですね。その人は、この町に住んでいらしたのですよね？」

ヒソンさんがこくりとうなずいた。

「それで、少し感動しながら本を読みました。詩人が読んでいた本だとわかって感慨無量だったんです。もしかしたらこの詩を書く時に何か役に立った本かもしれないじゃないですか。そして、あるページの余白にこんなふうに書いてあるのを見つけたんです」

僕は鞄からその本を取り出した。書き写す時に表紙カバーをはずしたため、ベージュ色のハードカバーだけが見えたが、汚れが目立ってもおかしくない薄い色なのにきれいなままだった。僕は詩人が何かを書き残したページを探して急いでめくった。その書き込みは、王戦がつくった磨刀渓の木の標本が中国現代史の動乱を潜り抜けて行方不明になってから長い歳月を経て、１１８という数字とともに古びたキャビネットで見つけられるまでの過程を記した「8ついに謎が解けた」の部分にあった。詩人はこう書き記していた。

「メタセコイアの木。夜十時の散歩。湖の向こう側の街の光。そこに問う《ムッタ》」

ミス・マープル、じゃなくてヒソンさんは鉛筆で書き殴られたその文章をしばらくじっと覗き込んでいた。ヒソンさんの眼差しがだんだんやさしさを増した。もしかしたら潤んでいるのかもしれないと思って僕は尋ねた。

「息子さんですか？」

ヒソンさんは黙って首だけ振った。

「えっと……、この人は亡くなってからまだそれほど経ってないみたいなんです。七、八年でしょうか？　がんでしたよね？」

「そう。がんだったの。この木みたいに生き生きとした人だったのに。あまりにも若かったわ。あまりにも」

ヒソンさんはとうとう涙をこぼした。僕は余計なことをしたのではないかと思った。だいぶ経ってからヒソンさんが「今はこんな小さな文字を見ると目が疲れて涙が出てしまうの」と言った。そして、ヒソンさんはその詩人について話し始めた。歯車は引き続き回っているのだ。ヒソンさんは旧市街にある私立高校の国語教師だった。一詩会をまとめていけるのも、まさにそうした経歴からだ。詩が好きで創作を楽しんでいたこともあって、ヒソンさんの教え子が三人も詩壇にデビューしたとかで、その詩人もその一人だった。その詩人は、デビュー後も生まれ故郷に暮らしながらソウルに通勤していたこともあり、時々ヒソンさんはその利発な教え子と会うことができた。詩人になった教え子は、思いやりにあふれた高校時代の国語の先生を先生とは呼ばずに、決まって「ヒソンさん」と呼んだ。ヒソンさん、ヒソンさん。それでも憎めないところが彼の持つ、もう一つの才能と言ってもよかった。

彼は二冊の詩集を刊行した。一冊は生前に、そして一冊は亡くなった後に。しかし「世界の果て、彼女」は二冊の詩集のどこにも載っていなかった。

「病床を訪ねた時にこの詩を見せてくれたの。読んでから私が『この詩、とても気に入ったわ』と言うと、『それはヒソンさんに贈ろうと思って書いた詩じゃないんだから、下手な期待はしないでくださいよ』、そう言ったんです。私は恋の話にはいつだって敏感だから、すぐに聞いたのよ。『この詩に出てくる彼女って誰なの?』。すると『素敵な女性ですよ』って。『なによ、素敵に決まってるでしょうよ。教えてよ。どこで知り合ったの? ずいぶん惚れ込んでるみたいじゃない?』そう聞いたの。『そうなんですよ。ずいぶんね。この世の果てまで連れて行きたいほどに』。そう言ってほがらかに笑ってね。いやだわ、今も笑い声が聞こえてくる。そうやって笑うと、『ほかの男の奥さんなんですけど、その日の夜、一緒に逃げようって言わなくてほんとによかった。結局こんなことになってしまうんだから』って言った。あの人、そうやって死んだの。もしかしたら彼の葬儀に来ているんじゃないか、だとしたら誰なんだろうって気になって、悲しんでいる若い女性の顔を一人ひとり覗き込んだ。詩人が愛した人は誰だろう？　ところでこの書き込みを見ると、本当に笑っちゃうわね。どうしても一緒に逃げようって言えなくて、二人で一番遠くまで行ったのがそのメタセコイアだったってことだから、じゃあ、せいぜいあの湖の向こう側までってことでしょう。それで、どうして世界の果てだと言うのか……」

「なぜ、この詩を選んだんですか？」

「ふぅ、この前、全部話したのに、また話せと言うの？」

「すみません。新入会員なものですから……」

ヒソンさんが嬉しそうに目元をしわくちゃにして笑った。

「この頃、今までの人生でやり残したことが思い浮かんでしょうがないの。あなたにはまだそれがどんな気分かわからないでしょうね。やったことは、その結果がどうであれ心には何も残らないのに、やり残したことは、それをしたからってどうなるわけではないと知っていても忘れられないのよ。やってみてもいないことが忘れられないなんて馬鹿げてるでしょう。そうかもしれない。一つや二つじゃないけれど、そのうちの一つが、その彼女を探しだして、詩人があなたを心から愛していたと伝えてあげなかったこと。だから、この詩を図書館の掲示板に貼ろうと思いついたの。そうすればこの詩に気がついた誰かが私のところに来るかもしれないと思った。さっきあなたが入ってきた時もそうだったし、この詩がきっかけで詩の会に入ったと聞いた時もそうだった。すごく驚いたし、嬉しくもあったんだけど、だからこそ一方ではがっかりもしたわ」

「ほんと言うと、僕も少しがっかりしました」

僕はすぐに付け加えた。

「僕自身に」

「詩人が、死ぬその瞬間まで愛していた人はあなたではなかったのは確かよね?」

「僕は詩人には嫉妬以外の感情は持たないんです。それに当時は中学生だったからまだ人を愛するにはちょっと……」

ヒソンさんはこくりとうなずいた。

「奥手だったのね。最近の子たちはそうじゃないのに。でも結局は同じことなのよ。あなたもこの詩に気がついたのだから。誰なのか最後までわからなくなってしまった、だから死にゆく最期の瞬間まであなただけを思っていた人がいたと永久に伝えられなくなってしまったけれど、いつかその人もわかるでしょう。詩人がかつてこんな詩を書いたということ。あのメタセコイアが、二人で行くことのできた一番遠い場所だったということ」

少し黙ってからヒソンさんが言った。

「私、来週から入院するの。歳をとるとあちこち故障だらけでね。だから入院する前にこういう話をその人に聞かせられたらと思ったのね。でも、あなたにこんな話ができただけでもよかった」

しばらく何も言わずに座っていたが、ヒソンさんが先に立ち上がった。ほかのことを考えていた僕も慌てて席を立った。ヒソンさんは僕が会議室を出るまで待って、灯りを消してドアを閉めた。その時、僕は彼女を、僕たちが一緒に過ごした日々を、永遠に僕を後悔させ、僕を苦しめるに違いないあの出来事を、僕たちが一緒に夢見たものの結局は手に入れられなかった未来のことを、考えていた。友人たちは僕に新しい女の子と付き合えばすべてが変わるだろうと言ったが、だとしても、僕たちが一緒に夢見た未来を取り戻すことはできない。そうだ。そういうものはもう跡形もない、足跡も残さずに消え去ったのだ。とはいっても……。

「こんなふうに考えてみたらどうでしょう？　その詩人はそこに何を問うたのでしょう？　本に『そこに問う《ムッタ》』と書いてあったでしょう？」

ヒソンさんは落第生を見るように僕を見つめた。

「それは何かを問うたのではないんじゃない？　何かを埋め《ムッタ》たという意味でしょ」

僕らはみんな、ほんとは賢くなんかない。たくさんのことを知っていると思っているが、僕らは大部分のことを知らないまま生きていく。僕らが知っていると思っていることの大部分は「僕らの側で」知っている事柄だ。ほかの人たちが知っていることを僕らは知らない。そんな僕らが長い間生きて老人になって死ぬというのは、実に幸運だと言わずにはいられない。僕らは愚かだという理由だけでも今すぐに死ぬことができた。その事実だけでも、僕らはこの人生に感謝しなければならない。それは僕らが愛し合っていた日々がこの世の誰かに理解され、愚かな僕らに耐えて長い歳月を過ごしてきたためかもしれない。そうだ。楽しくて楽しくて、楽しくて仕方なかったひとつの時代も、結局はどれも過ぎ去ることになっている。しかし、その日々が完全に消え去ったとは言えない。僕らが老人になるまで生きなければならない理由は、もしかしたら、誰もが人生で一度くらいは三十五メートルになる神の樹と出会った樹木学者・王戦の立場にならなければいけないからかもしれない。恐竜とともに生きたという、化石としてだけ残った、しかし僕らの目の前に奇跡のように生きて息をするあの木。

その日の夜、ヒソンさんと僕が見たのは、密閉した分厚いビニール袋の中に入った手紙だった。その手紙は湖の側にある、太いメタセコイアの根元近くに埋められていた。詩人が本の余白に書き殴った文章によれば、そのメタセコイアの下に詩人が何かを埋めておいたことは間違いないと思い、そのまま湖の向こう側まで行って根元を掘ってみた。これまで何度も梅雨を経たせいか、それほど深く掘らずに手紙を探し出すことができた。ビニール袋の中には「この手紙を見つけた方へお願いします。これは大切な手紙ですので、ポストに入れてください。ご覧のように切手代はご心配なく」と書かれたメモが一緒に入っていた。いささか脱力感を覚えながら、ヒソンさんと僕は、詩人が封筒の宛名に書いた人と一緒に並んで座っていたに違いないその木の下に座って、向かい側の都市の光が照らす湖を見つめていた。夜の湖は、長く続く光の線に沿って黒い表面をやさしく波立たせていた。

「あまりにも早くこの手紙を見つけてしまったのかもしれないわね。手紙を郵便で送ったのはもう数億年も前のことのような気がするんだけれど、最近の切手代っていくらくらいかしら」

しばらく黙ったままだったヒソンさんが僕に尋ねた。その質問は、除隊してから何年も経っていない僕には答えやすかった。

「少し前までは二百五十ウォンでしたけど、今は僕も……」

僕の言葉にヒソンさんはため息をついた。

「この人、いったいこの手紙がいつ頃見つかると思っていたのかしら？」

封筒には二千ウォン分の切手がずらずらと貼ってあった。ヒソンさんはそれ以上、何も言わなかった。湖に沿った道路で信号が変わり、一斉に発進する車の音が波の音のように押し寄せては遠のいていった。

最後の歯車は封筒に書かれた名前だった。意外なことに、封筒に書かれた住所は、メタセコイアのある湖から歩いて三十分もあれば行ける場所だった。そんな近くに、もはやこの世にいない人が自分宛に書いた手紙が埋められていたなどと誰が想像できるだろうか。とはいえ、それが思い出の木であったのなら、その人は何度もメタセコイアの下に座っていたかもしれないが。僕たちは手紙をポストに入れてくれという詩人の最後の願いを叶えてあげないことにした。代わりに、金曜日に僕のアルバイトが終わる午後五時に会って、その手紙の受取人に直接渡すことにした。金曜日になるまで僕の日課は以前と変わらなかった。カフェのアルバイトを続け、時々あのメタセコイアの方を眺めながら湖の周りを走り、思い出すたびに毎回ではないが、三回に一回の割合で「ナナ」に携帯メールを送った。僕の未来は相変わらず少しも僕のものではないように感じられた。唯一の変化があるとすれば、結局僕がエミール・ゾラの小説を借りたということだ。小説に自分の名前が入っているからか、ナナはすぐにメールの返事をよこした。「エミール・ゾラ？　ナナゾラ！ 7/4 2:17 pm ナナ」、こんな具合に。そうやって相変わらず僕の二十四歳の二つ目の季節は過ぎていった。時々携帯電話にメールがきて、そのうちのいくつかのメールのおかげで笑うみたいに。そんなふうに。

その週の金曜日は暑くて暑い、とにかく暑いだけの陽射しが道を真っ白にしていた。カフェに僕を訪ねてきたヒソンさんと一緒に、その陽射しが少しやわらぐのを待ちながらコーヒーを飲んだ。あれこれ話しながら、僕は無礼な質問に聞こえないよう気をつけて、ヒソンさんにどうして入院するのか尋ねた。ヒソンさんの顔が少し赤くなった。

「若い人にこんなこと言っていいのかわからないけど、胸を片方とらないといけないのよ」

「あ、すみません」

「あなたが私にすまないことなんてないわ。私が恥ずかしいだけだから」

僕がものすごく狼狽していると、ヒソンさんが小気味よく笑った。そんなふうに笑ってくれてありがたかった。少しすると口元に微笑みを残したいつもの表情で、でも、多くのしわにふちどられた二つの瞳は寂しそうなまま、ヒソンさんが言った。

「ほんとは私もどうなるかわからない。左側の乳房だけを取ればいいのか、でなければもっとたくさんのものを切除することになるのか。お医者さんもわからないし、家族もわからない。誰もわからないのよ。そういう時はすごく寂しい。私自身にも寂しさを覚えるの。これから十年、いえ、十年は欲張りすぎね、とりあえず来年の今頃まではどうだろう？　太陽の陽射しもこんなふうに暑いかしら。来年も暑さにやられた人たちは外に出ようなんてとても思えずに、みんなあんなふうに座っているかしら。来年の夏にはどんな歌が流行るのかしら。次は[*7]どの国の名前のついた台風がやってくるんだろう？　この人は……」

　ヒソンさんがテーブルの上に置かれた手紙を指差した。

「いったい何を思ってこんな手紙をメタセコイアの下に埋めたのかしら？　学生の頃からよく一人で思いに耽っていたから、何を考えているのかわからなかったんだけど……この頃よく思い出すの、この人のこと」

　僕は何も言えなかった。こういう時に自然に慰めの言葉ひとつ口にできない、まぬけな二十四歳だなんて……情けないったらなかった。

「私が思うには、来年の私はたぶん弓を習っているような気がする。この絶好のチャンスを逃すわけにはいかないもの」

ヒソンさんがまたからからと笑った。

「それはいいですね」

ありきたりな台詞を馬鹿みたいに僕は言った。言ってみると、ほんとうに馬鹿になった気分だった。

太陽が建物の後ろに消えていくのを見て、僕たちは店を出た。そこから封筒に書かれた住所までは、青々とした街路樹の続く、植物の葉が揺れる道だった。

「あなたが初めて図書館の会議室に入ってきた時、びっくりしたわ。詩人に似てて。眉毛といい、目元といい……。だから会ってすぐにヒソンさんと呼ぶように言ったのよ」

ずっと道を歩きながら、ヒソンさんが言った。

「それを聞いて、僕もびっくりしました」

「ちょっと馴れ馴れしかったかしら……」

「いや、そういうんじゃなくて……」

僕が言った。

「キム・ヒソンだとおっしゃった瞬間、恋人の顔が浮かんだものですから」

「ほんとに？　彼女がそんなにきれいだってこと？」

「いいえ。あの女優みたいにきれいだとは言えませんが、名前は同じでした。でも僕の目にはあの女優と同じくらいきれいだったんです」

「それって私の大好きな話だわ……。教えてちょうだい。どうやって知り合ったの？　ものすごく好きだったわけでしょう？　その表情からして」

僕は考えてみた。そうですね。好きでした。十年先どころか来年の今頃でさえどうなっているのかわからない。そんなふうに。次の夏には陽射しが今みたいに強いのか、どんな歌が流行っているのか、次はどんな国の名前をした台風がやってくるのかもわからない。そんなふうに。僕は僕たちが歩いている道を見た。湖の向こう側、メタセコイアが立っている世界の果てまで行き、そこからはそれ以上進めず、詩人と彼女が再びその道を歩いて家まで帰ったかもしれない道だった。だとすれば、二人はこれ以上ないほどに幸せだっただろうし、これ以上ないほどに悲しかっただろう。でも、おかげでその道に彼らの愛は永遠に残ることになった。再び数万年が流れ、氷河期を経てさまざまな木が絶滅する間にも、もしかしたら一本の木は生き残るかもしれず、その木はある恋人たちの思いを記憶するかもしれない。

目をまん丸にして僕を見つめるヒソンさんに僕は言った。

「そうなんです。だから……、そんなふうに」

1【ナ・ヒドク】一九九〇年代以降、繊細な言語感覚と透明な抒情で詩壇をリードする女性詩人。詩集に『その言葉が葉を染めた』『そこは遠くない』『消え失せた手のひら』『野生のリンゴ』など。

2【シン・ギョンニム】韓国の国民的詩人。民衆の暮らしに密着したリアリズムと優れた抒情性、伝統的なリズムを用いた詩によって韓国現代詩の流れを一挙に変え、「民衆詩」の時代を開いた。詩集に『農舞』『鳥嶺』『倒れた者の夢』など、邦訳詩選集『ラクダに乗って』(クオン、二〇一二)。

3【チェ・ハリム】一九四八年から続いた権威主義体制の中で、自由への意志を力強く詠った詩人。詩集に『私たちのために』『小さな町で』『中が見える奈落の底に』『風景の背後にある風景』『時々君が見えない』など。

4【詩】チェ・ハリム「夕暮れの影」

5【ペ・チョルス】歌手・ラジオDJ。一九九〇年から現在まで、ポップス専門のラジオ番組でDJを務めている。

6【キム・ヒソン】女優。一九七七年生まれ。九三年のデビューから瞬く間にトップスターとなり、出演するテレビドラマはいずれも大ヒットした。主な出演作にドラマ「トマト」「ミスターQ」「スマイル・アゲイン」など、映画「神話」「戦国」など。

7【どの国の名前のついた台風】韓国、日本、アメリカなど十四カ国が参加する政府間組織「台風委員会」は、二〇〇〇年から北西太平洋または南シナ海で発生する台風に、参加国が予め提案して用意された一四〇の名称を順番につけるとした。韓国ではこれに従って台風の名前をつけている。

君が誰であろうと、どんなに孤独だろうと

彼がなぜ、予定も立てずに日本で出水に行くことになったのかはわからないが、そこで撮ったナベヅルの写真は、彼の作品の中でも特異なものと思われる。ずっと友人や家族だけを撮ってきた彼のキャリアを考えれば、特異というより例外的な作品と言うほうがふさわしいのだろうが、単純に素材の違いだけで作品を分けるのはよくないという気がした。人を対象に写真を撮る時、彼は露出やフォーカスなどに神経を使わなかったので、そうした彼のスタイルがプリントされた写真にありのままに映し出されている。一見すると、ポラロイドで撮った写真のようにも感じられる。感覚的にシャッターを切るからか、半分以上はぶれていた。しかし、そこには明らかに何かがあった。出水で撮ったナベヅルの写真も例外ではなかった。私は、もうずいぶん前から、彼が死んだという知らせとともに評伝を書かないかと出版社から依頼されるずっと前から、彼の写真を知っていた。とはいえ、個人的に彼を知っていたわけではなかった。大学時代に私たちが知り合う機会があったのは後になって知ることになるが。にもかかわらず、私はすぐさま本を書きますと返事をした。

それからほどなく、夫が酒を飲んで帰って来て、その人に関する本をどうして私が書かなければならないのかと聞いたことがあった。ものすごく分厚くて半分ほど読んでから放り投げたつまらない理論書のように、私だけのものと言えるものはないのに、どういうわけか、これくらいでもう自分自身の人生について十分知り尽くしたような、そんな気になっていた時期だった。その時、どう答えたのかは思い出せない。「この人の写真には何かがあるの」。そんなふうにまじめに答えたりはしなかったはずだ。おそらく「あなたが書くなと言うなら、今からでも断る」と答えたのだろう。その頃の私の人生と言えば、「読んでも読まなくてもどうでもいい」本のようなものだった。しかし、夫は私に書くなと言う代わりに、自分を愛しているかと尋ねた。今思えば、あまりにも空虚な夜だった。私は、夫がいったい何を思ってそんなことを聞いたのか理解できなかった。その夜、夫が私に投げかけた問いは二つだった。その人についての本をどうして君が書かなければならないのか、自分を愛しているか。夫の問いは、男という動物は非常に不適切な瞬間に愛を確かめようとするという事実を私に教えてくれただけで、何とも答えようがなかった。

もしかしたら、私の机の前に貼ってある彼の写真が夫の気に障ったのかもしれない。いつその写真を貼ったのか正確に思い出せない。でも、私が彼の写真集から何枚かの写真を切り取って机の前に貼ったのは、私の母が亡くなった日の夕焼けのせいだということだけは確かだった。母は苦痛の中で死んでいった。口では言い表せないほど痛いと言っていた。人生の最期の瞬間まで母と苦痛を分かち合ったのは、周期的に母の体内に入っていった鎮痛剤だけだった。苦痛の前では、生涯信じてきた信仰すら、まずは鎮痛剤が体内に入っていくのを待たなければならなかった。私は母のおかげで生と死の間には苦痛があることを知った。あくまでも個人的な苦痛。母が死にゆくその瞬間まで、私は意識のない母の手を撫でながら声が枯れるまで愛してると叫んだが、その最期の瞬間でさえも、私は母の苦痛だけは理解できなかった。苦痛よりも死のほうが理解しやすいようで、いざ母が息を引き取ると、これまで病床に横たわっていた母との距離は感じられなかった。一緒に感じられなかったという点で、苦痛は明らかに母と私の間を隔てていたが、死はそれほどではなかった。その日、母の遺体が病室から冷たい霊安室に移される間に、私はその夕陽を見た。いや、見たというより、その夕焼けが見えた。

その日は私の愛する一人の人が、この世から永久に消え去った日だった。当たり前のことだが母は私に数多くの記憶を残していった。苦痛の中でもがく母を見つめている時、その記憶は私を笑わせもし、突然号泣させもしたが、それでもその時は母がまだ生きていた。しかし、喪失感の前で記憶などというものは、なんの役にも立たなかった。霊魂の抜けた母の肉体が徐々に冷たくなっていく間、重ねられた何枚もの赤い布が風にたなびくようにゆらりゆらりとうねっていたあの日の夕焼けだけが、私の目の前に広がっていた。雲が低くたなびく空一面を赤い夕焼けが染めた、とても特別な日だった。私は、夕焼けを指差しながら、近くで煙草を吸っていた夫と兄に「不思議な夕焼け、そう思わない？」と大声で言った。二人は私が指す方を見たが、私が何を見たのかには気づかなかった。その瞬間だけは、たとえそれが誰であったとしても、私が見た夕焼けを、母が死んだ日の夕焼けを見ることはできなかっただろう。母の苦痛を鎮痛剤だけが理解したように、私の悲しみはその夕焼けだけが理解したと言ってもいい。苦痛と同じように、ほかの人と悲しみを分かち合えないことが、私を絶望させた。

しかし、絶望すればするほど、それを経験した人の目にはすぐにわかるものだ。私の目の前で消えそうにゆらゆらとうねっていた赤い光は、偶然にも彼の撮った「ナベヅルと一緒に見た夕焼け」シリーズに入っていた。私の記憶の中で、生の最期に苦痛にあえいでいた母の姿より、明るく笑っている母の姿のほうがずっとなじみのあるものになってきた頃、新聞を読んでいてその写真をたまたま目にしたのだ。最初に写真を見た時は、母がどれほど苦しんで逝ったのか思い出されてつらかったが、人生のある特定の瞬間に私だけが感じたと思っていた何かを、ほかの誰かも見たのかもしれないと思いを巡らせることが、どれほど不思議で、かつ心温まる経験であるかを知った。その写真が私に苦痛だけを呼び起こさせたとしたら、すぐに市内の書店に出かけて彼の写真集を買い、その写真集の写真をそっと切り取って机の前に貼りはしなかっただろう。もちろん、彼が友人や家族だけを撮ってきたことから、「ナベヅルと一緒に見た夕焼け」シリーズが彼の作品の中でとりわけユニークな写真だと知ったのは、評伝を書こうと決めて彼の写真をすべて見た後のことだった。だから、その写真から感じた私の芸術的な感動は、何の先入観もない純粋なものだった。評伝を書くために彼の人生を少しずつ知るにつれ、私は彼のほかの作品も楽しむようになった。しかし、夕焼けを撮ったあの写真を見た時のような、純粋な興奮はなかった。

今考えてみると、私が彼の写真集から「ナベヅルと一緒に見た夕焼け」シリーズを切り取って机の前に貼ったのには、芸術的な感動以上の、密かに通じ合う何かがあったのだと思う。深夜、ぐっすり眠っている妻を起こして自分を愛しているかと尋ねる一人の男の行動に、いかなる同情も感じられない理由も、まさにそこにあるのだろう。そこには罪悪感や申し訳なさのようなものはまったく存在しなかった。これまでの人生で、一番印象的だった夕焼けをひとつ選ぶとしたら、私は母が死んだ日の夕焼けを思い出すほかない。あの夕焼けがあれほど印象的だったのは、この世の誰であっても、私が見たのと同じ夕焼けを見ることはできないからだった。ほかの誰も。夫も、子どもも、兄も、妹も。最期までその苦痛を理解できず、母を見送った私にとって、その事実がどれほど慰めになったかしれない。慰めとは言ったものの、それは理解し難い人生のさまざまな瞬間、たとえば母の死のような特定の瞬間をありのままに受け入れるための諦念にも似たものだった。そのせいで誰かが、私が見たのと同じ夕焼けを見たと知ることは、あらゆる存在が震えるような、驚くべきことだった。その写真は私に「簡単に慰めてもらおうなんて思わずに、人生の終わりまで駆け抜けるんだ！」と言っているようだった。その強烈な経験に比べると、夫の突然の質問は、私の眉一本動かすこともできないほど、退屈でつまらないものだった。

夫の突然の質問が私の頭に浮かんだのは、彼に関する資料調査を終えて、これから初稿を書かなければと決心し、導入部について悩んでいた時だった。その頃になって、私は一人の人の人生に関して何かを綴るのがいかに難しいか気づき始めていた。彼は、ある写真雑誌のインタビューで、「人間にとって、忘却は不完全な機能です。完全に忘却できる能力がないから、人間は不完全になったのです。私は、多くのことを記憶するためではなく、多くのことを忘れるために写真を撮ります」と語っている。この言葉が、彼の撮った一枚一枚の写真に見られる、瞬間ごとに変わりゆく姿を収めた数多くのポートレートを説明するのに果たしてふさわしいのか見極めることは、私の能力を越えた仕事かもしれない。私は、彼が忘却の道具としてカメラを利用したと語っている部分に注目した。続く発言と結びつけて考えてみると、彼のこの言葉は、友人と家族を絶えず忘れるために、あるいは絶えず彼らを見送るために写真を撮るという意味になるようだった。私が調べた資料、あるいは何度も見てきた彼の写真は結局、彼が生きている間に忘れようとしていたもののリストにすぎず、彼が心に残しておこうとしたのは、彼が撮らなかったものではないかという疑問がわき始めた。私は、彼の写真について評論を書くのではないから、写真がどうであろうと関係なかった。しかし、人間として、彼が忘れないように願ったのは何だったのか知りたいという熱い欲求だけは生まれた。評伝は、何があってもその熱い欲求から始まらなければならなかった。

ある時、真夜中に眠っている私を起こして、自分を愛しているかと尋ねた夫の声が思い出され、その考えは流れるようにして「ナベヅルと一緒に見た夕焼け」シリーズに移っていった。いつもだったら、次には母が死んだ日の夕焼けと一緒に母にまつわる思い出について考えるところだが、その日はそこで考えが止まった。ずっと友人や家族だけを撮り続けてきた彼が、なぜ突然、ナベヅルを撮ろうと思ったのか？　私が集めた評論や記事などはそのシリーズを「最もユニークな作品」と評しているだけで、なぜそうしたユニークな作品を撮ることになったのかはどこにも触れられていなかった。しかし、そのシリーズが展示された個展のパンフレットに書かれた「写真家の言葉」からささやかなヒントを得ることができた。その最後には次のように書かれていた。「今回の作品の中で〈ナベヅルと一緒に見た夕焼け〉シリーズは、日本の文部省の招聘で福岡で開催された写真展の期間中に出水に出かけて撮った写真だ。そのつもりはなかったが、どういうわけか出水まで行くことになった。実は生まれて初めてかつ最後の記念写真と言えるのだが、思いのほかうまく撮れたことになる。日本側のコーディネーターでいつも手伝ってくれた在外同胞のキム・ギョンソク君がいなかったら、そもそも撮ろうという気も起きなかっただろう。いい人にならなくていいんだ、ギョンソク君。膝をついてはいずり回らなくていいんだ」。その写真だけは、忘れないために撮った「記念写真」であり、彼に「生まれて初めてかつ最後」にそんな「気」にさせた人が、彼のコーディネーターの「キム・ギョンソク君」だとわかった。私は評伝の書き出しを、その彼の気持ちについて語ることから始めようと決めた。

「いい人でなくていい／はいつくばって歩き回らなくてもいい」というフレーズはアメリカの詩人、メアリー・オリバーの「野生の雁」という詩の冒頭でもある。彼は一九九一年にある雑誌に書いたエッセイ「あなたが再び服を着る時」にこの詩を引用した。写真集、雑誌や新聞、写真展の図録などに写真家の言葉、エッセイ、写真理論や評論など、少なくない文章を彼は残しているが、どんな形であれ、鳥について触れているのはこれだけだった。私は、彼が鳥について書いたものがないかと思って資料をあさっていてこのエッセイを見つけた。この文章を除けば、鳥に関するものは背景にかすかに見える二、三羽の鳥が写る女の写真一枚だけだった。彼は「君が誰であろうと、どんなに孤独だろうと、／君は想像した通りに世界を見ることができる。／野生の雁のように、君に声たかく呼びかける、／君がいるべき場所はこの生きとし生けるもの／その中にあると」で終わるこの詩を引用しながら、自分にとってのリアリティーとは「何かが起こるその瞬間」を意味すると書いていた。さらに「リアリティーは変化していくものであり、それを表現するためには、表現様式も変わらなければならない」というブレヒトの言葉を論じながら、「何かが起こる。そしてその瞬間、以前には戻れない。それこそが私の言うリアリティーだ」と書いている。意外なことに、彼は一緒に寝た女が朝起きて服を着る瞬間を、リアリティーが変わる代表的な瞬間に挙げた。

「春の木ではなく、春になる直前の木ほど人々の視線を引くものはないだろう。季節が変わることを願う心がそうやって枯れた木々を見つめさせる。しかし、花の便りは必ず訪れる。花は春の訪れを知らせてくれるだけではない。満開を迎えた春の木は、僕たちが新しい世界に足を踏み入れたことを知らせる。芸術家にとってフロンティアとは、新しい世界それ自体ではなく、まさに新しい世界が姿を現す直前のことだ。いつだったか僕は、半裸の女性に、頼むからゆっくり服を着てくれと頼んだことがあった。何かが起こる瞬間はまさにそこにある。そして、その瞬間、僕たちは以前に戻ることはできない。有史以来、裸になった女性が華やかに着飾って一人の女性に変身するたびに世界は変わった」と彼は書いた。なぜナベヅルなのかという疑問から始まって、彼の書いた文章に鳥に触れた部分がないか探していて見つけたこの文章に、私は首をひねった。男にとって世界が変わる瞬間は、女が服を脱ぐ時ではないのか？　なぜ彼は服を着る瞬間にリアリティーが変わると思ったのだろうか？

偶然かもしれないが、キム・ギョンソクさんの連絡先を探す過程で、このエッセイが何度か私の頭の中に浮かんだ。彼が日本の文部省の招聘で福岡で写真展を開いたのは、五年も前のことだったから、当時彼の日本側のコーディネーターだったキム・ギョンソクさんの所在を見つけるのは容易ではなかった。幸いなことに出版社から渡された資料の中に、福岡アジア美術館で開かれた彼の招待展のパンフレットがあった。彼は、招待展の開かれた日「僕の考えるリアリティー」というタイトルで、十年余り前に彼が書いたエッセイの内容を思い起こさせるテーマの講演をしたのだが、キム・ギョンソクさんはその講演に先立って彼の経歴と作品世界を日本の聴衆に紹介する役割を担った。パンフレットに九州大学文学部博士課程に在籍中と出ており、もしかしたらと思って九州大学のホームページで検索すると、彼は文学部の准教授として勤務していた。ホームページに出ているメールアドレスに、私は自己紹介と一緒に、五年前に日本での写真展示の期間中に出水に行ってナベヅルを撮った時のことについてお尋ねしたいというメールを送った。その数日後、私は日本に行ってナベヅルを見てからでないと何も書けないという結論に至った。

　この種の評伝で大金を稼げると期待するような人はそういないだろう。評伝の執筆を依頼してきた出版社の編集者は自信なさげな口調で「お金を稼ぐのが目的ならいくらでもほかの仕事がありますが、十分に意義のある仕事だと思う」と言った。だから、執筆の動機を探してみて、かろうじて引き受ける意義があると判断できる類の仕事だった。彼に対する学問的な関心とか、個人的な好奇心とか、内的なきっかけが用意されていない状態で、すぐさま書きますと意思表示するのは難しかった。私は、自分が見たのと同じ夕焼けを彼も見たという理由だけで評伝を書こうと決めた。私にとって内的なきっかけがあるとすればそれだ。しかし、このような動機は、論理的に説明しづらいものだ。だから、私がナベヅルを見るために鹿児島まで行かなくてはならないと言っても、夫は容易には理解できないだろうと十分に予想はできたが、あれほど誠意のない反応を見せるとは思わなかった。夫は今回も私に二つの質問をした。子どもはどうするんだ？　費用は？　ナベヅルを見なければ評伝を書けないということしか頭になく、そこまでは考えが及ばなかった私は、思いつかないたままに言い繕った。結局夫は、自分が一緒に行くという条件で私の鹿児島行きに同意した。どちらにせよ、ナベヅルを見ることさえできれば関係ないと思い、私は夫にそうしようと快く返事した。

さらに何通かのメールを送ってから、やっと日本のキム・ギョンソクさんから返信が届いた。返信には、メールボックスに入っている「Mia」という発信者名のせいでこれまで開けずにいたこと、その後さらに何通かのメールが来てから開けたので返事が遅れたと書かれていた。「Mia」、「迷子《ミア》」というのは、小学校時代から迷子預かり所に行けなどとからかわれ続けた、私の名前だ。なぜその名前がメールを開くことを躊躇させたのかについてそれ以上の説明がないまま、キム・ギョンソクさんは先日、出水平野で越冬するナベヅルの三回目の個体数調査があり、合計九千六百九十七羽が確認されたというニュースと、天草の沖合から移動したものと思われるイルカ百頭が出水の近海で観察されたというニュースをそのままコピーして、最後に「今は韓国語がうまく出てこないので、また送ります」と付け加えていた。このメールの意味を私が完全に理解したと言ったら、それは嘘になるだろう。

しかし、彼がコピーしたニュースのナベヅルとイルカの写真は、その後いつまでも脳裏から消えなかった。ナベヅルはいいとして、なぜイルカのニュースまで送ったのかキム・ギョンソクさんはちゃんと説明できなかったが、私の知らない彼の意図とは関係なしに、私はその写真を通じて、なぜナベヅルが彼の心を捉えることになったのか自分なりに推測した。亀ではなくイルカという点が残念ではあるが、日本には「鶴は千年、亀は万年」という諺がある。家族や友人たちとの日常という変わりやすいリアリティーに生涯魅了されていた写真家が、毎年定期的にアムール川から出水平野に飛来して越冬するナベヅルの変わらぬリアリティーに突如惹かれたというのは十分に理解できた。一方で、それは、母が死んだ日に私が見た夕焼けを彼も眺めていたと知った時のときめきをよみがえらせるものでもあった。あのエッセイで彼は結論として「だから、女が服を着る姿を眺めるのは、世界で一番悲しい場面でもある」と語っている。そのエッセイは、「ナベヅルと一緒に見た夕焼け」を前にして読まなければ完全には理解できないだろう。母の死と生涯忘れられない夕焼けを一緒にして見る時、人生はいかに矛盾に満ちたものであるかと同時に、いかに論理的であるかを私が理解したように。

人生がどれほど矛盾に満ちたものなのか、しかし、またどれほど論理的なものなのか……その少し後のことだ。大学院の講義を終えて車で家に帰ってきた日の夕方だった。街灯のついた川べりの道路は、帰宅ラッシュの車の赤いテールランプの波で埋め尽くされていた。前日、授業の準備をするのに徹夜をして疲れきった体で、私はラジオから流れてくるギターの曲を聴きながら、何の考えもなしに前の車の後部だけを見ながらアクセルとブレーキを交互に踏んでいた。私の前にも、私の横にも、私の後ろにも、ただただ私と同じようなスピードで、私が行こうとしている方向に向かって動いている車だけだった。運転席に体を深くうずめて座り、そんな車を眺めていたら、突然涙が流れた。戻る道はあまりにも遠く、大変なのに、私が行こうとしている場所が本当にそこでいいのかわからなかったからだ。すぐに私は、ギターだと思っていた楽器はギターではなく、ウードという中東の民族楽器だということ、目の前に流れていたのは、突然の涙だけではなく、いつからか降り始めた冬の雨だということ、そして、もうこれ以上結婚生活を続けることはできないということが同時にわかった。私はすぐに夫に電話をかけて離婚しようと言った。会食中だった夫は私に理由を尋ねた。私は、母の病室から持ってきた百合の話をした。

母は食卓によく百合を飾っていて、その葉についた埃までティッシュでぬぐうような人で、日曜日の遅めの朝食を食べる時は足を組んで座って右足を揺らしていて、そんな母を厳しく注意していた記憶がいつも心の中に温かい思い出として残っていた。母が死ぬ数日前、病院に向かう途中で花屋に寄って、母の好きだった百合を一束買った。病室に飾ると香りが充満して、母は百合に目を向けることもできないまま、香りが強すぎて息をするのがつらいから、その花を片付けてくれと私に言った。仕方なくその百合を家に持ち帰って、母と一緒に撮った写真の隣に飾った。それから数日後、母は死んだ。でも、その百合はもう少し長く持った。私が見たどんな百合よりも、長い間枯れずにいた。花は長く持たなかったが、青い茎と葉は母が亡くなって三週間を過ぎても生き生きとしていた。そしてある日、家に戻ると夫がその花を捨てたことがわかった。涙でぐしゃぐしゃになった顔で、私はうろたえる夫に向かって叫んだ。「取ってきて。はやく取ってきてよ。お母さんの花を返して」。私の話を、不注意にも百合を捨ててしまったために離婚しようと言っていると思った夫は、あの時と同じくらい面食らった声で、自分は今も変わらず私を愛していて、私がいないと生きる意味がない、私の望むようにもう少し思慮深い人間になるからと言った。私は言った。離婚しよう。離婚してほしい。お願いだから離婚してくれと。夫は戸惑った声で私に言った。自分は今も変わらず君を愛している、君がいないと生きる意味がない、君の望むようにもう少し思慮深い人間になる。二度と百合を捨てたりしないと。

そのことがあってから、夫は一時たりとも私を一人にしておかなかったが、どういうわけか、日本には一人で行ってくるように言った。自分は仕事もあるし、それにナベヅルを見ることに何の関心もないから。その代わり評伝を書き終えたら、子どもは両親に預けて二人でニュージーランドに行こうと言った。おそらく出水に行ってナベヅルを見たら話もまた変わるのだろうが、果たして評伝を書き終えられるのかどうか、私自身も疑問だった。評伝を書こうと書くまいと、私はナベヅルを見に行くことにした。長い間使っていなかった韓国語に再び慣れ始めたキム・ギョンソクさんと何度かメールをやりとりした後、まず福岡まで行って彼と一緒に出水に行き、ナベヅルを見ることにした。メールをやりとりする間に、キム・ギョンソクさんがなぜ出水の近海に現れた百頭のイルカに関する記事を私に送ってきたのかわかった。五年前、彼とキム・ギョンソクさんは野生のイルカを見るために天草に行ったという。だから、キム・ギョンソクさんが最初に私に送ってきたメールには、今年はイルカが天草から出水に移動したから、出水でイルカとナベヅルの両方を見ることができ、時間を節約できるという意味が込められていたのだった。

なぜ、私の送った何通かのメールにすぐ返信しなかったのかもわかった。福岡空港で会った私たちは、そのまま鹿児島に向かう国内線に乗った。留学生だった両親に連れられて三歳の時に日本に来たという、言うなれば「ニューカマー《new comer》」のキム・ギョンソクさんは、私に送ってきたつたない韓国語のメールの文章とは違って、会話は流暢だった。キム・ギョンソクさんは五年前のことを今でも鮮明に覚えていて、彼の早すぎた死を悔やんでいた。

その一方でキム・ギョンソクさんは、彼の作品には死にゆくものたちへの最上級の心温かい憐憫が込められていたと語り、私をびっくりさせた。私は彼の言うところの「別のリアリティー」の核心が、実は友人や家族との日常ではなく、彼らの死ではないかとずっと考えていたからだった。五年前に彼が福岡で講演した「僕の考えるリアリティー」でそういった話をしたのかと、私はキム・ギョンソクさんに尋ねた。

私の質問にキム・ギョンソクさんは少し考えてから、そういう内容があるにはあったが（例えばいつも言っていたように自分は「不完全な人間だから写真を撮る」といったような）、自分がそんなふうに思うようになったのは別の理由があると答えた。写真展が開かれる前の二日間、福岡周辺を観光するプログラムが招聘日程に含まれていたんです、とキム・ギョンソクさんは言った。天草方面の景観がいいから、たいていはその辺りを一周してから海の見える露天の温泉に行って観光を終えるんです。チャーターしたタクシーで島を回りながら僕が言いました。「先生、イルカはお好きですか？」「イルカ？」「はい、イルカです」「博多でもイルカの話をしていたけど、イルカが好きなんだね？」「あれは閉じ込められたイルカで、天草には野生のイルカがいるんです。イルカ、お好きじゃないですか？」。僕は子どもの頃からイルカが好きだったんです。イルカを見ていると心が穏やかになるんですよね。キム・ギョンソクさんは無邪気な目で私を見ながら言った。彼ならばこの眼差しにカメラを向けていたかもしれない。そうやって予定外で野生のイルカを見に行った二人は、さらに鹿児島へ行くことにした。日本の人たちは誰かを招くと、時間単位どころか分単位で日程を組むんです。イルカを見に行くだけでも二人だけの大冒険なのに、そこから鹿児島まで行ったのだから、福岡では大騒ぎになりました。

私たちが降りたこの鹿児島空港に、五年前に彼も到着したはずだ。その時と同じようにキム・ギョンソクさんと私は九州新幹線に乗って二十三分の距離の出水に向かった。列車の中でもキム・ギョンソクさんの話は続いた。なぜ出水に行くことになったかというと、先生が僕に、なぜイルカがそんなに好きなのかと尋ねたからなんです。だから、ミア、そう、ミア先生と名前が同じ人で、だから最初は息が止まりそうになって返事もできなくて。その人について先生に話したんです。私と同じ「ミア」という韓国名が真ん中に入るスウェーデンの女性についてキム・ギョンソクさんは話した。その女性は養子としてスウェーデンに渡った人だった。自分のミアという韓国名から、いつかは自分のルーツを見つけたいと韓国語を習うことを決意し、大学時代に延世大学語学堂に留学し、そこで同じように自分の母国にやって来たキム・ギョンソクさんと出会った。その後のことは、ほかの人々の場合と同じだ。似た者同士、恋に落ちた。しかし、結局ミアは韓国を呪い、去ることになったとキム・ギョンソクさんは私に言った。ミアという名前は誰かがつけた名前ではなく、単に迷子《ミア》、忘れられた子という意味だとミアが知ることになったんです。でも、僕は愛しているのにどうしたらいいんでしょう。こんなにも愛しているのに、どうしろと。行くなと言いましたし、スウェーデンについて行くとも言いました。でも、だめだったんです。それからは手紙をやりとりしていました。思えば、日本でずっと暮らしてきた僕も迷子ってことなんですよね。ミアを理解できる男はこの世に僕しかいない。なのに、スウェーデンに帰ってからミアは少しずつ韓国語を忘れていきました。手紙はだんだん短くなって、僕たちはもうコミュニケーションの方法がなくなってしまったんです。少しずつ目が見えなくなる、でなければ、愛する人が徐々に死んでいく、そんな感じとすごく似ていました。最後の手紙は、アンニョンという言葉だけでした。なぜイルカが好きなのか、だからなんです。

出水駅で降りてタクシーに乗り、ツルの飛来地までと告げると、初老の運転手は私たちがナベヅルを見に来たことに気がついた。出水は全世界のナベヅルの九十パーセントが越冬するとあって、ナベヅルが飛来する十月から最後の一羽がシベリアに発つ二月まで、ナベヅルを見に訪れる人々でごったがえした。タクシーの運転手が、今日は四度目の渡り鳥のカウントのある日だから、夜明け前から人々が飛来地に集まっていると言った。前回のカウントでは一万羽を超えず、カウントする近隣の中学生だけでなく、出水市民たち誰もが気を揉んでいるところだという。ガンバレ、ガンバレ、ツルたちよ！　タクシーの運転手が叫んだ。メイチョウは韓国語で、とキム・ギョンソクさんが言った時、話好きの運転手が割り込んできた。迷鳥を見に来る人もたまにいますよ。ナベヅルにばかり関心が集まっていますけど、ものすごく大きなフィールドスコープを抱えて来て、北アメリカからほかの渡り鳥の後についてこの地方に飛んで来た迷鳥を探そうとする人たちがいるんですよ。メイチョウはつまり迷鳥、群から離れて道に迷った渡り鳥を意味する。イルカを見て帰る道すがら、僕がミアの話をしたので、先生はいつか見た迷鳥を思い出したようです。誰かの写真を撮った時に、その写真の背景に見慣れない鳥が写っていたそうです。あとで鳥類図鑑で調べてみて、それがナベヅルかもしれないとわかって、本当にナベヅルなのか出水に行って確かめてみようと僕に提案したんです。

遠くから「やった、やった、よかったぁ、よかった！」と叫ぶ声と拍手が聞こえた。タクシーの運転手は拳をぎゅっと握って言った。三年連続一万羽突破！　運転手はバックミラー越しに私たちの表情をうかがった。私たちは窓を開けて、声のする方を見た。展望台に並んだ人たちの頭上に、一羽のナベヅルが空高く飛び立ったと思ったら、空はナベヅルでいっぱいだった。ツルたちは雲におおわれた灰色の空を背景にゆっくり旋回した。ナベヅルが飛び立つと、運転手はその場に車を止めて、窓から顔を出してその様子を見上げた。ツルたちは悠々と飛び回っていた。その姿に突然心が浮き立ったキム・ギョンソクさんが、運転手に早く展望台に行こうと促した。運転手はようやく思い出したように、再びエンジンをかけて車を走らせた。今年は渡り鳥を全部合わせて一万五百羽を超えるように皆が心から祈っているんです。今までの最高記録は一九九七年の一万四百六十九羽でした。もし一万五百羽を超えたら、鶴クラブの学生たちには何よりのクリスマスプレゼントになるでしょうね。次のカウントはクリスマスの日の朝なんで、ぜひ見ていってください。運転手は嬉しそうな声で言った。運転手の興奮が少し収まると、キム・ギョンソクさんが言った。ここに来てみたら、ナベヅルだったとわかりました。アムール川の川岸から少し遅れて出発するナベヅルがいるんです。朝鮮半島を経て出水まで来るのが本来の越冬経路ですが、遅く出発するとここまで来ないで朝鮮半島に留まる鳥たちがいるんです。たくさんいるわけではなくて、十羽ぐらいでしょうか？　一九八四年だったかな、そういうナベヅルを見たそうです。

私は、背景に二、三羽の鳥が写っている女の写真をなんとか思い出そうとしていた。その写真に写った女は体にフィットした濃い色のニットを着て、長い髪をなびかせてカメラに向かって微笑んでいたが、彼の写真の多くがそうであるように、焦点はぶれていた。友人や家族を撮った彼の写真がいつもそうだったように、その写真にも写真家の感情がこれでもかとあふれていた。その感情過多の状態はほかの写真にもよく見られたから、以前はそのことにさほど気を留めなかったが、キム・ギョンソクさんの話を聞いて、その感情が深い愛だったことに気がついた。何度も写真に登場する友人や家族とは違い、彼女の写真はその一枚だけだった。キム・ギョンソクさんの言う通り、その写真は一九八四年に撮られ、その年に彼が撮った写真はその一枚だけだった。その年、彼はスランプに陥ったのか、あるいは自分の仕事に疑問を抱いたのか、それ以上写真は撮らず、代わりにパンベ洞でとんかつ屋を開いた。「料理が趣味だったし、何よりもお金を稼ぎたくて」と彼はインタビューで語った。あの日見た夕焼けを、自分は生涯忘れられないと言っていました。タクシーから降りて展望台の方へ歩きながらそんな思いに耽っていると、キム・ギョンソクさんが言った。なんですって？　私が聞き返した。あの日見た夕焼けを自分は生涯忘れられないって。メイチョウ、迷鳥、ナベヅルに会った日、その日に見た夕焼けを一生忘れられないって。どうしてなのかは言いませんでした。僕の話、あんまり役に立ちませんよね？　いいえ、続けてください。そして、ここに来てその人はどうしたんですか？　私はキム・ギョンソクさんに詰め寄った。日が暮れるまで二人で待ったんです。あそこらへんかな？　あの時とはずいぶん変わっているのでよくわからないな。日が暮れるまでどんな話をしたんですか？　思い出せるような話はほとんどありません。特別な話はなくて、晩ごはんに何を食べるか、そんな話をしていた、あの時もそうだったはずです。なんだったかな、どんな話をしたんだったかな？　やっぱり役立たずですね。そんなキム・ギョンソクさんを後にして、私は五年前に彼とキム・ギョンソクさんが立っていたという場所に向かって歩いて行った。

そして日が暮れる頃、彼は私が立っているその場所で写真を撮った。そこに立つと、ナベヅルをはじめとする寒い地方の渡り鳥がぎっしりと集まって羽を休めている野原があって、その向こうは海だった。そこで彼は生涯一度も撮らなかった風景写真、「在外同胞のキム・ギョンソク君がいなかったら、そもそも撮ろうという気も起きなかっ」た「生まれて初めてかつ最後の記念写真」を撮った。「記憶するためではなく忘れるために」。私はナベヅルが旋回飛行する空を見上げた。そのすべての光景を見渡すには私の視野はあまりに狭く、自分でも気づかぬうちに首を左右に振って辺りを見回していた。あまりにも広大な世界だった。ナベヅルたちは、こんなにも大きな世界を横ぎってアムール川の川辺から出水まで飛んで来た。私たちがその世界を証言することができないのは、そのすべてを記憶できないことは、あまりにもはっきりしていた。でも、また同時に、私たちはそのすべてを忘れることもできなかった。彼が撮った写真の中で、友人や家族は皆それぞれ年老いてゆき、病にかかり、また死んでいった。彼の写真の中で人々はどれほど複雑な存在として生きていたのか、彼らはまた、どれほど絶えず変化していったのか。そこに立って私はやっと、彼が生涯をかけて撮り続けた友人や家族の日常の写真が理解できた。そして、彼が一度だけ撮って二度と撮らなかった、彼の言葉を借りるならば「生涯忘れることのできない夕焼け」を理解することができた。

私の口からは、彼が引用した「野生の雁」という詩がこぼれ出た。いい人でなくていい。砂漠の中を何百マイルも、後悔しながら行かなくていい。はいつくばって歩かなくていい。体の中に生きるやわらかな動物、愛するものをただ愛せるようにそっとしておけばいい。そうすれば世界は回っていくんだ。太陽と雨の澄んだ滴は、風景を横ぎって進んでゆく。大草原、深い森、山々そして川を越えて。その間にも雁たちは、澄みきった青い空高く、再び家に帰ってゆく。君が誰であろうと、どんなに孤独だろうと、君が想像する通りに世界を見ることができる。雁たちは、声をあげて君を呼んでいるじゃないか、荒々しく、興奮した声で……君がいるべき場所はこの世の中にあると。その中に立って、ナベヅルが旋回を終えて平野に再び下りてくるまで、渡り鳥を数えていた中学生たちも、その光景を見守るために早朝から集まっていた観光客たちも、みんな帰ってからしばらく経つまで、その中に立って、私は顔をあげてじっと曇った空を見ていた。その中に立って。夕焼けを待ちながら。再び家路につく鳥たちを見ることができるまで。

記憶に値する夜を越える

夏、海に着いた時、彼女は歳をとったなと思った。もう後戻りできないほどに。長い間太陽を浴びていないせいだと彼女は思った。十七歳がそれほどの年齢だとしたら、果たして何が起こるのだろうか。それは、夢を見ないこと。同じ年頃のほかの少女たちはどうだろう? この世のどこかには、もう夢を見ない十七歳もいるだろう。ホテルの窓に滑り込むようにして降り注ぐ雨水のように。半島南部の夜は荒れていた。渦巻きが起きてあらゆる音が吸い込まれていくと、夜はやがて口をつぐんだ。扉が閉まると同時に、彼女は服をすべて脱ぎ捨てたが、ピンクのポロのキャップだけはそのままかぶっていた。シャワーを浴びようとバスルームに入ると、鏡の中には痩せこけた女の子がいた。その年でがりがりに痩せているのは恵まれたことよ。それは彼女の母親の言葉だった。浴槽にお湯が溜まるまでもう少しかかりそうだった。部屋に戻った彼女は素っ裸で窓の外を眺めた。窓の向こうは、どうにも解釈しようのない沈黙の世界だった。再びバスルームに行くと、鏡にいくつか水滴が流れ落ちた跡があった。誰かが彼女の部屋のドアをノックする音がした。まったく予想していなかった音だったので、右手で曇った鏡を拭いていた彼女は動きを止めた。手のひらを少し動かそうとした瞬間、ノックの主が短く早口で彼女の名前を呼んだ。あまりにも怪しく秘密めいたスピードで。ヒョンだ。彼女はにんまり笑った。ヒョンは、ここで過ごす休暇の間、毎晩彼女の部屋のドアを叩くかもしれない。彼女はキャップのつばを後ろに回して、ドアスコープから外を覗いてみた。レンズの中のヒョンは左右をきょろきょろ見回してから、今度は左腕を伸ばしてベルを押した。彼女はバスルームに入っていった。バスタブのお湯があふれていた。彼女は蛇口を閉めもせずにバスタブに入った。その後もベルは何回か鳴った。彼女はお湯の中に完全に潜り込んだ。笑いが水泡になって飛び出た。ポロのキャップはすぐに濡れて赤っぽくなった。真夜中に熱気が広がっていた。

翌朝目を覚ますと、前夜の沈黙をすっかり忘れさせてくれるようなグリーンとブルーとイエローの世界が広がっていた。雨風が吹きつけた後のエメラルド色に光る海。目が見えなくなるほど透明でありながら鋭い太陽の陽射し。街路樹のヤシのつやつや輝く葉。前日レンタカーで山間道路を通ってここに来るまでは、ワイパーが持ちこたえられないほどのどしゃ降りだった。待ちに待った休暇にやって来たはずの人たちにしては、誰もが沈痛な面持ちだった。だから彼女は「これじゃ葬儀場を出発する霊柩車よりひどい」と思った。ところが、朝になってみるとみんなは前日の風雨を全部忘れたかのように天気に感嘆した。

十時になる前なのに太陽は熱いくらいだった。海。顔をしかめて青い海を眺めていた彼女に、まるでなだめるかのように彼女の母親が「ここにいる間だけは高三だってことを忘れてもいいわよ」と言った。そもそも、この旅行が入試まで余計なことを考えずに勉強に専念させる目的で計画されたことを、彼女はちゃんと知っていた。彼女は、いっそのこと雨だからとホテルの部屋に閉じこもって眠り続けているほうがずっとましだと思った。ホテルの二階のレストランで朝食を食べている間、旅行も一緒にするほど親しくなった二家族の母親は、まるで自分たちが受験生で、これまでのストレスを発散するんだと言わんばかりにはしゃいでいた。でも、肝心の当事者、彼女とヒョンは、心ここにあらずの表情でそれほどおいしそうには見えないブッフェの料理をあれこれつまんでいた。天気があまりにもあっけらかんと晴れ上がったことに心が浮きたっているのは母親たちだけではなかった。彼らの父親たちは、せっかくの家族旅行だというのに、朝食もとらずに早朝からゴルフに出かけてしまった。

「昨日の夜、部屋にいなかったろ?」

彼女の黒い瞳をうかがいながらヒョンが文句を言った。

「いたよ」

「ノックしたのに」

「聞こえなかった。寝てたのかも」

彼女はそっけなく答えた。ヒョンはフォークでベーコンか何かを突いていた。

「ベルだって押したんだぞ」

「夜、女の部屋に訪ねてきて、ベルを押した？」

彼女はフォークを置いて、指を組んだ両手を頭の上にぐっと上げて伸びをした。ヒョンが彼女の体をじろっと見た。黒いノースリーブのワンピースを着た彼女のわきの下が丸見えになった。その時まで、兄嫁が小憎らしいとか言って、人間の欲や貪欲さについて威勢よく論じていた彼女の母親が、食事の席であくびをするなんてと小言を言った。そこまではいいが、ヒョンの母親も自分を見ていると気づいた彼女はすぐに両腕を下げた。「まったく、いつになったら大人になるのやら、今でも何から何まで目配りしないとだめなんだから」と言ってから、彼女の母親は「根はいい子なんだけど」と付け加えた。彼女の母親は嘘つきの達人だ。なぜなら、彼女の母親は一度も彼女にいい子になりなさいと言ったことはなかった。子どもの頃から一度もそんなことを言われたことはなかった。彼女の母親は自分の娘がいい子になるより、美しい女性になることを望んだ。面と向かって確かめたことはないが、彼女の母親は自分がいい人だから人生に失敗したと思っているようだった。彼女は母親の変わった家庭教育、つまり、高価な女っぽい服を買ってきて彼女のクローゼットに掛けておいたり、年相応とはいえないような色のアイライナーなんかをいつの間にか鏡台の上に置いておくことよりも、母親の口調や立ち居振る舞いに垣間見られる敗北感に、娘としてより多くのことを学んだ。とはいえ、それは母親のようにはなりたくないとか、母親からの一風変わった関心がプレッシャーだという話ではなく、ただそういう過程を経て、彼女は自分の望むようにいくらでもきれいになれると学んだ。それが誰であれ、大人が望むどんな女にもなれることを彼女はすでに悟っていた。人々が彼女に望むのは、この上なく単純なことだった。もっときれいに、もっと魅力的に、あるいはもっと愛らしく。

おかげで早くから彼女は人々の注目を浴びることに慣れていた。最初は、自分がほかの女の子たちよりもかわいく見えるから（つまり娘を着飾らせることに関心の高い母親を持ったせい）だと思ったが、じきにそれは錯覚だとわかった。彼女よりかわいい女の子はたくさんいたし、その子たちと比べると彼女は着飾ることにはあまり関心がなかった。だからこそ、彼女の母親は娘を魅力的な女性に育てることにあれほどまで熱心だったのかもしれない。彼女は、例えば声とか立ち居振る舞い、あるいはなんの気なしに口にする言葉とか、男たちは彼女が持つ何らかの雰囲気に心を惹かれたのに、彼らはそれを彼女がきれいなせいだと思っていることに気がついていた。しかし彼女は、自分はいったい何者なのかわかっていなかった。彼女は、男たちがどうして自分から目をそらせずにいるのか、少しも気にならなかった。気になったのは、例えば前夜、頭のてっぺんからバスタブに潜った時に聞こえてきた夜の音だった。明るい音たち。そんな魅惑的な音がいったいどこから聞こえてきたのか彼女は知りたかった。熱いバスタブの中で息をこらえ、もうこれ以上耐えられなくなって立ち上がり、彼女は服を着て外に出た。人気のない廊下のどこからか、かすかにテレビの音が聞こえてきた。彼女の濡れた髪からしずくがカーペットの上に音もなく落ちた。

ホテルのロビーに立って外を眺めていると、マサキの葉が風に吹かれ、木を揺らしていた。回転ドアを通り抜けると風の強いことといったらなく、横なぐりの雨が打ちつけていた。周りは、どこを見てもホテルやコンドミニアムばかりで、海までの距離が彼女には見当がつかなかった。彼女はロビーに戻って、片隅にいたベルボーイに海までどれくらいなのか尋ねた。ベルボーイは、庭に沿って右手に回ると海辺に下りていくデッキの階段があると言った。

「国内で一番美しい海辺なんです。でも、夜は暗くてわかりませんけれど。階段に街灯がついていますが、やっぱり危ないですからね」

彼女の目を見ながらベルボーイが言った。

「そうなんですか？　本当に見えないんですか？」

「そうですね。定かじゃありませんが。こんな夜更けに海を見に行ったのはずいぶん前のことなので」

「いつ行ったんですか？」

「中学生の頃だったかな？　よく覚えてません。こんな夜に海を見ようと思い立つことはそうないですから」

「じゃあ、今は海を見てる人は誰もいないんでしょうね」

ベルボーイは答えずにただ笑っているように見えた。ベルボーイの話はかえって彼女を刺激した。彼女はわかったと答えて、ホテルの外に出た。その時になってようやく彼女は、そもそも傘を借りようとしていたことを思い出した。彼女は再びホテルに戻って、ベルボーイに傘を貸してくれと言った。ベルボーイは後ろの部屋に入ってホテルの名前の書かれた黒い傘を手にして出てきた。ベルボーイから渡された傘を差して雨の中に歩いて行くと、傘を差したベルボーイが追ってきた。

「もしかしたら海までの道がわからないのではと思いまして。階段まで送ります」

事務的な声でベルボーイが言った。彼女はうなずいた。やはり一人で行くよりはましな気がした。

「地元の人ですか？」

「ええ。徴兵期間に少し半島にいたのを除けば、ずっとここでした。ちょっと退屈な場所ですよね」

「どうして退屈な場所なんですか？」

「驚くようなことって別にないですから。こんなふうに激しい雨が降ったかと思うと次の日は気持ちよく晴れるんです。でも誰も驚きません。島に暮らしているとみんな無感覚になるんですね。時々、あの絶壁から飛び降りて自殺したり、泳いでいて溺れ死ぬ人が出る場合を除いては」

「誰か死なないと驚かないってことですか？」

「そうじゃありません。そうじゃなくて、僕らは観光客のおかげで食べているわけだから、そういう不幸なことが起こらないようにという意味で。この夏は誰も亡くなっていません。警察でも相当神経を使っているみたいで、村の青年たちも今年は無事故で夏を乗り越えようと気合いを入れてますしね。もうじきシーズンも終わりますから、このまま いけるでしょう。それはそうと、明後日の夕方、そこのコンベンションセンターでロックバンドのライブがあるんです。ソウルだったらその気になればいつだって観られるでしょうけど、よかったら行ってみてください。退屈じゃないはずですよ」

「興味ないんで。海はどっちですか？」

「あっち、あちらの方です」

ベルボーイが指差す場所は、街灯の明かりを受けて松の木が並び、その向こうはやはり暗闇だけだった。彼女は海の方に歩いて行った。じっとり濡れた土の上に雨粒が落ちる音、その雨水が下水溝に流れていく音、風が濡れた針葉樹を撫でながら暗闇の中に消えていく音の間に、波が海岸に寄せては返す音が聞こえた。アルペジオのように、海は夜の一番低い音から一番高い音を交互に奏でていた。規則的に繰り返す波の音を聞きながら、彼女は苦痛を思い浮かべた。おそらく、それは甘美な苦痛と言えるものだった。彼女は次第に苦痛に魅了されていくので、いつかは母親のように自分の人生も失敗したと語るようになるかもしれないと予感した。彼女は母親がいい人だからではなく、魅力的なせいで人生に失敗したのだと考えた。しかし、重要なのは、成功か失敗かではなかった。彼女が苦痛に惹かれているという点だった。その欲求は、なんとも非現実的なものだった。母親が望むように、ヒョンみたいな男と結婚すれば苦痛なんて感じない世界で生きていくのだろう。ヒョンくらいのレベルの男なら彼女とお似合いと言ってよかったし、実際に彼女もヒョンを異性として意識してはいた。でも、ヒョンを愛することにはなんの苦痛もなかった。そう言うのが正確かはわからなかったが、彼女が望んでいるのは苦痛だった。波の音が繰り返されるたびに、夜は少しずつ明るくなりはじめた。彼女が波の音が聞こえてくる方にもう一歩足を踏み出した時、ベルボーイが彼女に向かって叫んだ。
「お願いだから我慢してください。今年のシーズンが終わるまでは」

その日、夏がどれほどまぶしかったのかは、ビキニの上にカラフルなストライプ柄のビーチ用ワンピースを着て、海水浴場に降りていく階段の手すりに寄りかかって海を見下ろしていた彼女の瞳からわかった。ところかまわず照りつける強烈な夏の日差しと同じで、その眼差しは目的とするもののない好奇心でぎらぎらしていた。数日間雨が降った後の晴天で、休暇に訪れた人々がどっと押し寄せたから、海水浴場に降りる道は避暑客や商売人たちでいっぱいだった。海辺の見晴らしのいい場所はどこもパラソルやテントが設置され、砂浜と海の境界は、水着姿の人たちで曖昧になっていた。彼女は朝からずっと、ホテルが設けた大型パラソルの下でこれまで読めなかった小説を読み耽り、ヒョンとほかの家族は海に入ったきりだった。本から目を離すのは、ソウルにいる友人たちからの携帯メールをチェックしたり、返信するわずかな時間だけで、ずっと読書に没頭した。彼女にとって、時間ができたら一番したかったことだった。その小説には、エロティシズムに魅了されて少しずつ理性を失っていく一人の中年女性が登場した。その女は、なぜ自分がそのようなことに魅了されていくのかわからず、もがいていた。それは、彼女がかつて読んだ詩を思い起こさせた。「そしてわたしは偶然その場所を通ることになった／雪が降りしきっていて道は真っ暗だった」と始まる詩だった。詩人は道を歩いていて窓越しに一人の公務員が泣いているのを目にする。しかし、彼の涙を止めることはできず、詩人は彼が泣き止むまで窓の前から立ち去ることができない。詩は次のように終わった。「そしてわたしは、偶然いま彼のことを思い出した／夜は深く、がらんとしたオフィスの窓の外に雪は降り積もる／わたしはその男を愚か者だとは思わない」。その詩が思い浮かんだのは最後の一節のせいだった。彼女も、小説の中の女を愚かとは思わなかった。

太陽がだんだん天高く昇ってきたからか、不思議なことに彼女の体は徐々に熱くなった。小説を半分ほど読んでから、彼女は海に向かって走って行った。海水は思っていた以上に冷たく、底は深かった。両腕を合わせて海の中に潜って出てくると、彼女は人で賑わう浜辺を避けて、沖に向かって泳いだ。最初はなんの形もなかった海が、彼女の体を包み込みながら一緒に揺れていた。だんだん息があがってきて、少しずつ体がだるくなった。彼女は体をひるがえして背泳ぎを始めた。彼女の胸の上に正午の熱い陽の光が降り注いでいた。なんとか泳ぎながら、揺らめく太陽の下で彼女は来年の夏のことを考えているうちに、なんだか悲しい気分になってきた。高校を卒業したら、もうこんなふうに強烈な太陽を見ることはできないのだろうと思った。誰が命じたわけでも、自分が強く望むのでもないのに、こんなに強烈な太陽をもう見られないのなら、それが大人になることなら、自分は大人になりたくないと彼女は思った。そんな思いに耽っていると誰かが足に触れて、彼女はバランスを崩して水中に沈んだ。それが自分を追ってきたヒョンだとすぐにわかった。彼女に続いて水中に潜ってきたヒョンは、しつこく両腕で彼女の足を摑もうとした。ヒョンはやたらに力が余っていた。彼女にそんな力があったらとっくにすべて使い果たしていただろう。残してはおかなかったはずだ。彼女は水面に顔を出した。長い間泳いだ後に潜水までしたせいで、息が切れかかっていた。すぐに顔を出したヒョンは、彼女の隣にオレンジ色のモーターボートが浮かんでいるのを見た。そのモーターボートには、ヒョンよりもっと体格のいい二十代の青年たちが乗っていた。黒く陽に焼けた彼らは、彼女とヒョンに、この辺まで来ると危ないから岸に戻るよう言った。ヒョンが振り返って泳ごうとした時、彼女はモーターボートに乗った青年たちに手を差し出して、くたくただから岸まで乗せてくれと言った。青年二人は彼女をモーターボートの上に引き上げた。

ヒョンがへとへとになって岸辺まで戻ってきた時、彼女はすでにワンピースを着てホテルに戻る階段の途中で手すりに寄りかかって海を眺めていた。濡れたまま着たワンピースは彼女の体にぴったりはりついていて、髪からまだしずくがたれていた。ヒョンは彼女の方に駆け寄った。ヒョンは一人の男を追い抜いて階段を駆け上がったが、彼女はヒョンには目もくれずに海ばかり眺めていた。

「あのさ、ホテルの一階に植物園があったけど、行ってみた？」

彼女が立っている場所まで上ってきたヒョンが聞いた。彼女は首を振った。

「植物園には島で一番大きなリュウゼツランがあるんだ。見せたいんだけど」

ヒョンは彼女の手を取って引っ張った。海から上がってきたばかりなのに、ヒョンの手は熱かった。彼女はヒョンが自分に見せようとしているのがリュウゼツランという奇妙な名前の植物ではなく、ヒョンの中に潜んでいる動物だということがすぐにわかった。そのことを考えただけでも、彼女の体は熱くなった。そうしているうちに階段を上ってくる一人の男と彼女の目が合った。彼女はその男が誰なのかすぐにわかった。

「一緒に行くから、手を離して」

彼女はヒョンの手を振り払った。しかし、ヒョンはまた手を摑んで彼女を荒々しく引っ張っていった。一階の植物園と言うが、ロビーから見ると地下一階に当たる場所だった。予想していた通り、ヒョンは熱帯植物にはさほど関心はなかった。植物園に入るやいなや、ヒョンは彼女をバショウの植えられた片隅に引きずり込んだ。バショウの葉に隠れてヒョンは彼女を抱きしめて唇を押しつけた。彼女はヒョンの舌を受け入れた。海水浴場で人々が騒いでいる声、どこかでスプリンクラーが回る音、ホテルに設置してあるスピーカーから流れてくる音楽、自分の体の中のどこかで血がわきあがる音などが彼女の耳元を駆け巡った。ヒョンは黒い海水パンツ一枚だった。これが男の体というものなのかと、彼女は好奇心に打ち勝てず、右手でヒョンの性器を触ってみた。するとヒョンが驚いたように唇を離して、また歯をぶつけながらキスを浴びせた。ヒョンの手が彼女の胸に向かって動いた。彼女はヒョンの手を払いのけた。しかし、ヒョンの手は頑なに乳房を探ろうとした。「俺、お前と結婚するんだ」とヒョンは言った。手だけでなく、ヒョンの体全体を彼女が押しのけた。彼女の体は一気に冷めてしまった。

「で、リュウゼツランってどこ？」

彼女がヒョンに聞いた。ヒョンは今しがたの気恥ずかしさなどすっかり忘れたように、明るい表情で彼女について来るよう手招きした。その島で一番大きいというリュウゼツランは、海が見渡せる窓の横にあった。その窓からは強い、熱気を帯びた風が吹きこんでいた。彼女は頭を下げて動物の長い舌のように見える葉っぱを垂らしたリュウゼツランを見つめた。

「太陽を浴びてテキーラをつくるやつだ」

ヒョンが言った。

「これでお酒をつくるの？」

「酒の中でもものすごい熱い酒さ」

「飲んでみたの？」

「のど元で火を飲み込むような感じ」

「火を飲み込むとそんな感じがするわけ？　ふつう焼けちゃうでしょ」

「お前にはわからないよ。お前は何にもわかってない。酔うってことがなんなのか、これっぽっちも」

ヒョンが指を振ってわかっていないという仕草をしながら言った。その時、海の方からサイレンの音が長く響き渡った。彼女は体を海に向けた。彼女の髪とワンピースが風にゆらめいた。窓の外に顔を出してみると、海に入っていた人たちが海岸に上がってくる様子が見えた。エメラルドグリーンの海の上で、救助隊員の乗ったモーターボートが白い泡沫を残しながらどこかに向かっていた。

「さっきの救助隊員たちだよ。誰かが溺れたみたい」

彼女が、自分の隣に来て海を見下ろしているヒョンに言った。彼女が指差す先で円を描いていたモーターボートが止まり、救助隊員らが海に飛び込んだ。救助隊員たちはアメンボみたいにシュノーケリングしながら溺れた人を探していた。二人はそれぞれ右手で太陽をさえぎりながらその様子を見続けた。髪はずっと風になびいていた。

その夏について、エメラルド色に光る海の中に消えたものたちについて、いつも舞い上がっていた髪の毛について考える時、何か恥ずかしさのようなものを覚えた。初潮を迎えて血のついた下着をまじまじと見た時のように、あるいは平らな胸が膨らんできて体が丸みを帯びてきたのを鏡で見た時のように、なす術もなく黙ったまま見知らぬ何かに変わっていく感覚。成長も、発見も、理解でもない、単なる魅惑。母親は娘のそんな変化を敏感に感じ取る。娘が何かを恥ずかしがっていることを。例えば口の利き方がゆっくりになるとか、見えたり聞こえたりするあらゆることを敏感に感じながらも、少しずつ慣れていくということを。うっかり気に入らない服を着て外出した時のように、娘が吐き出す言葉や振る舞いの一つ一つが少しずつ気に障るようになる。しかし、彼女の母親はすぐに気がつくだろう。もう自分がすべてを知ることのできない世界に彼女が入っていったことを。娘は誰もが恥じらいとともに変わっていくことを、それでも母親は理解できない。自分たちも通ってきたはずのその過程を彼女たちは忘れているのだろう。その日の夕方、ホテルのガーデンレストランに二家族が集まってバーベキューをしている席で、彼女は母親にもう海水浴ができないと言った。母親はどういう意味なのか理由を尋ねた。彼女は生理が始まったと言った。「そうなの？　よりによってどうして今、生理なわけ？」。彼女の生理周期はもともと不規則だったし、高三ならば生理が不規則になる理由はいくらでもあるから、理由なんてないのも同然だった。とは言っても、娘の生理周期まで考えて休暇の日程を決めた彼女の母親は、どうもおかしいといぶかる表情を浮かべた。いざとなったら生理かどうか確認しかねない態度だったが、教養のある中産階級の婦人にそんな非常識なことはできなかった。母親の追及に彼女は何も答えなかったが、それは正しかった。誰かが死んだ海で泳ぐなんて、耐え難いほど恥ずかしいと言ったら、彼女の母親であっても理解不能だろうから。代わりに彼女の母親は、「ちょっと、首どうしたの？」と聞いた。彼女は表情ひとつ変えずにキスマークのできたうなじを触った。

「何が？」

「そこじゃなくて、左側」

母親は周囲をうかがった。二人以外は肉を焼くのに夢中だった。肉が焼けさえすれば何の問題もないとでもいうように。

「ママが望んでることじゃなかったの？　最後の休暇なんでしょ」

「行って洗ってきなさい。ママの部屋にスカーフがあるから。最後の休暇を楽しむのはいいけど、度を越されたら困るの」

「あたし、ママのペットなの？」

その言葉と同時に彼女は椅子から立ち上がりホテルの方に歩いて行った。「偽善者ども。バーベキューの匂いがするペテン師たち」と彼女は思った。彼女がホテルに入る時、パンクヘアの人たちが車から降りるところだった。ベルボーイが彼女に気づいて挨拶をした。

「海はよかったですか？」

「夜のほうがよかったです。見ないで想像してる時のほうがずっとよかったです」

「それは、悪いことをしましたね」

「どうして悪いんです？」

「無駄に期待させてしまったんじゃないかと。でも顔は少し焼けましたね。ほら、目の下。あの人たちを見てくださいよ。あんな髪型、初めて見ました。あそこまでしないといい音楽はできないんですかね？」

「馬鹿なのよ。それはともかく、テキーラはどこで飲めます？」

「バーへ行けばあるんじゃないんですか」

バーに向かいながら、彼女はバンドのメンバーが立っている方を見た。髪を染めた人たちの中に平凡な頭が一つ見えた。三十代にしてすでに歌手崩れに転落したと言えるような男が彼女を見ていた。彼女は他人が自分を見ることに慣れていた。まるでガラスでできた彫像を見ているように、視線はいつだって彼女の外見だけを見ていた。そのたびに彼女は快く透明な体になってその視線を楽しんだ。ところが、彼の視線には何か違うもの、卑劣さと呼んでもいいような何かが潜んでいた。彼女の視線が自分を意識していると察知するや、男は少しもためらうことなく彼女に向かって歩いてきた。「さっきの子が君の彼氏？」と男が尋ねた。期待していたよりずっとつまらない質問だと彼女は思った。彼女は腕時計を覗き込んでから、答えた。

「プロポーズされてから正確には五時間と十分過ぎたわ」

「まだまだ遊びたい盛りだろうに、それは感動ものだね」

彼女は男の年寄りじみた口調がいやだった。

「だから修道女にでもなろうかと思ってるところ。でもおんなじだろうけど」

「何が同じなんだい？」

「恥ずかしいのは同じだってこと。それより、明日のライブのために来たんじゃないんですか？　テレビでおじさんの顔見たことあるわ。かなり昔だけど。さっき階段でも見たし」

「ライブなんてどうだっていい。ほんとは昨日の夜からずっと君のことを見ていたんだ。何を見てるんだろうって。それが気になって君が立ってた場所まで行ってみた」

「海に決まってるでしょ」

「海？　それだけ？　なんで海をそんなに穴が開くほど見てたんだ？　何歳？　海は初めてなの？」

「まだ歌ってたんですね、知らなかったです」

「いいかげんなこと言ってごまかそうとするなよ。聞いたことに答えろ。ほんとに海が見たかったのかって聞いてるんだ！」

彼女は答えられなかった。男はそんな彼女をまじまじと見た。

「いいだろう。君が知るべきことがある。君は海を見たんだろうが、俺は別のものを見たんだ。わかるか？」

男が言った。

「何を見たっていうの？」

「人が死ぬのを。溺れて慌てふためいているから喉が張り裂けそうになるまで叫んだけど、海を監視してた救助隊員はその人を見ることも、俺の声を聞くこともできなかった。俺は君があの野郎とかくれんぼしてる間、君の代わりにそれを見たんだ。それを言おうと思って。君の代わりに俺が何を見たのかをね」

そして男は口をつぐんだ。彼女は突然男にすがって、自分の代わりに見たものについてもっと詳しく話してほしいと頼みたかった。その欲望は、唐突でありながらも同時に魅惑的だった。彼女はそんな欲望を感じる自分が化け物のように思われた。例えば、そこからさほど離れていない場所では、彼女とヒョンの家族がバーベキューをしながら、家の値段について、あるいはゴルフコースについて、じきにやってくる大学入試についてとりとめのない話をしていた。彼女は自分がそんな話の世界から一歩も離れられないことを、そして、もっと重要なのは、自分にはそこを離れる勇気がないということをよく知っていた。あれほどまでに海を見ていたのは、ただただ見つめていられたからだった。しかし、その男の前で感じた魅惑は、それとは違うものだった。それは魅惑と言うより哀願のようなものだった。家族の世界が嫌だとか、新しい世界を夢見るとかいうのとはまったく異なる脈略で、彼女は男にすがって懇願したかった。自分と同じような人生を夢見る人もいることを彼女はよくわかっていた。すべての人々には、それぞれ心から願うものが一つずつあった。それが単純な欲情からであろうと、あるいは社会的な憤りから起こるものであろうと。例えば、ヒョンは切実に彼女を欲していた。だから昨夜、彼女の部屋のドアを叩いたのだろう。しかし、彼女にはそういう欲望がなかった。欲望がないことより、もっと惨めなのは、恥ずかしいということだった。

「ここ、テキーラを出しているみたいですけど、一緒にいかがです？」

彼女がバーの方を指して男に尋ねた。

「俺は酔うと怖い人間だぞ」

男が少しいやらしい声で言った。

「関係ないわ。おじさんが酔う前に逃げるから」

火を飲み込んだらそのまま焼けてしまうだけ、感覚なんかないということを彼女はすでに知っていた。だからその男の部屋のドアを閉めて出てきた時、彼女はもう恥ずかしくなかった。彼女は廊下を少し歩いてからその場で足を止めた。もう一度男の部屋に入りたかったからだ。彼女は、その男は間違いなく下品で卑しいプレイボーイにすぎないと思った。「なんで海をそんなに穴が開くほど見てたわけ?」とか、「君の代わりに俺が何を見たか、そのことを言おうと思って来た」なんてそれらしい言葉で純真な女の子を口説いて欲望を満たす低劣な人間だと思った。すると、その男がほかの女の子たちにどう接しているのか気になった。彼女にそうしたように、やさしい声で誰も見ることのできないことを話すのだろうか? 自分の目の前で起きていることの意味を最初は何も知らなかったけれど、じきにそれが自分の人生を完全に変えることになるのかもしれないと思うと怖かったとでも言うか。今では、ヒョンよりその男が自分と近い関係になったことだけは彼女も否定できなかった。彼女は今すぐにでも引き返して男のもとに走り、二度と、ほかの誰にもあんなふうに話しかけないでくれと頼みたかった。自分だけにそうしてくれと。そういう話は自分の耳にだけささやいてくれと。しかし、そうする代わりに彼女は廊下を走り始めた。これ以上躊躇していたら、本当に二度と家族のところに帰れないかもしれない。エレベーターに乗って一階に下りた彼女は、走ってホテルを出た。ベルボーイも今回は彼女に話しかけられなかった。ガーデンレストランに家族がいないとわかった時、彼女の恐れは最高潮に達した。彼女は腰をかがめて激しく息をした。二度と自分が住んでいた世界に帰れないかもしれないという妄想に彼女は囚われた。その時、ホテルに続く階段からヒョンが現れたので安心した。彼女を見ると、ヒョンは嬉しそうに階段を走って降りてきた。

「どこ行ってたんだよ。部屋にもいなかったけど」

ヒョンが彼女に近づきながら尋ねた。彼女は少し後ずさった。

「ばーか。またドアをノックしてたわけ？　あたしが毎日部屋にばっかりいると思ってんの？」

「お前、酒飲んだの？　どうしてそんなに顔が赤いんだよ？」

「あんたがやたら自慢するからテキーラを飲んでみただけだよ、いいじゃん」

「お前んちの母さん、探しまくってたぞ」

「ママとパパはどこ？」

「ついてこいよ」

　ヒョンは彼女の手を摑んで言った。彼女はヒョンの手を振り払った。すると、ヒョンは怒ったような表情で先に立って階段を降り始めた。月の明りにかすんできた宵の星の間から暖かい風が吹いてきた。彼女はヒョンよりも三、四段後ろから降りていった。イブキジャコウソウが植えられた階段の踊り場でヒョンは足を止めて振り返り、彼女が降りてくるのを待って、また「俺はお前と結婚するんだ」と言った。その言葉があまりにも非現実的に聞こえて彼女はびっくりした。彼女に何が起きたのかも知らずにそんなことを言うヒョンがかわいそうとか、申し訳ないと思うより、ヒョンがそのことに気がつくかもしれないという恐れを感じた。あの男の部屋でのことを隠すことができれば、ヒョンと結婚だってできるかもしれないと彼女は思った。だから彼女は懸命に何もなかったように、ヒョンに笑顔を見せた。その笑顔の意味を理解できないヒョンは、彼女の手を再び握った。すると彼女はそれ以上耐えられなくなって階段を走って降り始めた。ヒョンを追い越して、散歩する家族連れやカップルを追い越し、彼らが過ごす休暇地の穏やかで平和な夜を通り越し、そんな夜人々が見るであろうやわらかくて甘い夢を越えて、彼女はそのまま走った。ヒョンはそんな彼女を追いかけた。浜辺に着いた彼女は、さらに夜の海に向かって走った。海を越えてきた風が彼女の頬を撫でた。

海辺を散歩していた母親が彼女を見つけて、どこに行くのかと叫んだ。彼女は家族を通り越して海に飛び込んだ。「あら、あら、ちょっとどうしたの？　いったいいつになったら大人になるっていうの？」。その時、ヒョンは彼女に続いて海に飛び込んだ。すると親たちはからからと笑った。その笑い声が聞こえるや、彼女の目からわっと涙があふれ出た。ようやく彼女は怖くなったのだ。自分の中の何かが変わったことに母親が勘づくのではないかと。ほかに方法はなかったから、彼女は目の前に広がる海、今はエメラルド色に輝いてはいない、形も輪郭も色もわからない黒い海に入っていった。目と鼻と口と耳がすべて海の中に潜った。ゆらゆら揺れる海の中で、前夜、バスタブの中で聞いた海の音が聞こえてきた。水に潜った彼女は口を開けてその音を味わった。口の中に入ってきた海水はしょっぱく、そして圧倒的だった。一瞬にして苦痛が彼女の体を襲った。いつだって彼女を魅了してきた苦痛が、味わったその瞬間、自分が耐えられる苦痛ではないからこそ、あれほどまでに惹かれたのだと彼女は気がついた。しかし、体を水面に出さなければならない、そうしなければ二度と自分が知っていた世界には戻れないだろうという考えがよぎった後も、彼女は海の中に留まっていた。その時、ヒョンが彼女の体を掴んで引き寄せた。海面に向かって、すべてのことを通り過ぎ流れていった彼女が体を起こした。彼女の鼻と口から海水が流れ出た。ヒョンはそんな彼女の体を起こして立たせた。彼女を立たせようと中腰になって互いに抱き合う姿勢になった時、涙と海水の向こうに部屋ごとに灯りのともったホテルが見えた。彼女は自分がその灯りのどの辺りで真っ裸になって立ち、夜の海を眺めたのか夢中で探していた。みんなが見ている前で溺れたのだから、今彼女は思い切り泣くことができた。ヒョンはそんな彼女を抱きしめることもできず、振り払うこともできないまま、ぎこちなく立っているだけだった。

月に行ったコメディアン

1

ある男が砂漠に向かって歩き、十八年が流れた二〇〇〇年一二月二四日、僕は専任教授になったばかりの先輩の家で開かれた就任祝いのパーティーに招かれ、僕が小さい頃にアメリカで一世を風靡したキャベツ人形を思わせるカーリーヘアの女と出会った。自然な流れで僕はキャベツ人形を話題にして、不細工なアメリカの女の子を連想させるその人形が流行った一九八〇年代はじめの話になり、最後には、カリフォルニアとネバダの間にある歓楽都市で行われたライト級の世界チャンピオン戦で死闘を繰り広げた挙句に脳死判定を受けた、あるボクサーについての回想へと続いた。

ヒップホップ歌手のように韻をふんで「ボクシング《boxing》がなかったら、すべてはあまりに退屈だ《boring》」と言ったのはマイク・タイソンだったが、それを真似しながら酒に酔った僕は何度か〝Other than boxing, everything is so boring〟とラップのようなものをひとりごちた。しかし、よく知らない人たちの前でそんなふうにおどけてみせるのは、僕のいつもの振る舞い方とは少し違っていて、自分でもいささか変だなとは思っていたのだが、少ししてからそのキャベツ頭の女に「それを小説で書けますか?」と尋ねられてやっと、その突拍子もない行動は、彼女に誘発されたのだとわかった。

「どういうことでしょう?」

「その選手のことです。ラスベガスで死んだ選手。その選手の苦しみを小説に書けます?」

「苦しみについて直接語るのは小説じゃなくて、エッセイでしょう。小説は単に作家の知っている苦しみをストーリーにしていく行為です。死を予感しているそのボクサーの苦しみを僕が理解できるとしたら、小説、書けるでしょうね」

「それじゃもう一度聞きます。苦しみが何なのか理解できますか?」

「小説家にとって苦しみとは、自分の書いた小説を読者たちに理解してもらえず、本が売れないってことでしょう」

するとみんながどっと笑った。

「笑い事じゃありませんよ」

「おお、じゃあ、お前はボクサーについて書ける十分な資格があるってことだ」

先輩が割り込んできて言った。

「違いますよ。僕は苦しみってものを知らない小説家ですよ」

僕は冗談めかして言った。するとそのキャベツ頭の女が僕に言った。

「なんだか、近いうちにそのボクサーについての小説を書くような気がします」

「どうでしょう。近いうちに僕が苦しみについて理解するようになるってことなのか、苦しみが何なのか教えてくれるってことなのか」

僕たちは意味深長な眼差しで互いを見つめた。彼女の言う「近いうちに」がどの程度の期間を意味するのかわからないが、とにかく、ご覧の通り、僕は今そのボクサーが出てくる小説を書いている途中だから、ある程度は苦しみについてもわかってきたことになるのか？「それは一人の女と恋に落ちることに似ている」と言ったのはヘビー級世界チャンピオンだったフロイド・パターソンだ。パターソンは「信用できない、下品で卑しい、そのうえ残忍な女だとしても構わない。その女のせいでずたずたに傷つけられたのにそれでも彼女を愛し、また欲しているなら、どうする？俺とボクシングの関係はそれに似ていた」と付け加えているが、もしかしたら、あらゆる物語はこの言葉から始まるのかもしれない。

僕が小説家だと彼女が知っているとわかって十分もしないうちに、彼女が座っている方を見ると、僕は体に不思議な温もりを感じることに気がついた。ほかの人たちの話や彼女自身の話を通して彼女について知っていくにつれ、その温もりは徐々に熱くなった。彼女は先輩の奥さんと高校の同級生で、あるラジオ局でプロデューサーを務め、僕と同い年だった。その日の夜、十二時になる頃、とても言葉では言い表せないほどうっとりするような雪が舞い落ちる頃、僕の顔は満月のようにほんのり赤みを帯びていた。それは酔いのせいかもしれないし、温もりのせいかもしれなかった。

2

僕だけでなく、彼女も僕と一緒にいると鼓動が速まり、そのうち顔が赤くなって手の先や足の先まで熱くなると確かめたのは、それからひと月もしない頃だった。夜通しぼたん雪が降り、ホワイトクリスマスが予告されていたその年の一二月二四日の夜十一時頃から、歯ごたえのいい肉厚のコノシロを食べていたその翌年の九月の初めまで、その温もりは続いた。温もりが続いていた間、僕はまるで千メートルを全力疾走して息を切らせた中学生が口を思い切り開けて息を吸い込むように、この世のすべてを受け入れた。僕たち二人の間に温もりが残っている限り、この世はとても平穏だった。

　でも、しばらく時が流れると、僕たちはまるで、少し離れて座り、花の間に葉が一枚、二枚と芽生え始める四月中旬の桜の木を見上げているような気がしてきた。まだ桜の花は咲いているものの、いずれその花はみな散ってしまうことを知る心みたいなものが、この世にはあるのではないだろうか？　満開に咲き誇る桜の下でむしろ悲しい気持ちになってしまう、そんな心。一緒に寝そべって彼女の顔を両手で包み込んでしばらく覗き込んでいると、そういう気持ちがどんなものかわかるような気がした。すべてのことが過ぎた後だからこそ言えるのかもしれないが、僕たちは幸せだったし、また逆説的に不幸せだった。

　僕が覚えている限り、僕たちが純粋に幸せだった期間は、三十九日も続いたうんざりするような梅雨がやっと終わった二〇〇一年八月二日から八月五日までだった。その時、僕は彼女の夏休みに合わせて*1忠州《チュンジュ》湖畔にあるリゾートに出かけた。僕たちの願いは、眠りたいだけ眠って朝寝坊し、話をしたいだけ十分に話し、読みたいだけ十分に本を読み、泳ぎたいだけ十分に泳ぎ、酔いたいだけ十分に酔って、愛したいだけ十分に愛し合うことだった。人の欲は果てしないと言うが、その期間、僕にはなんの欲もなかった。

八月四日。休暇の最後の日の夕方。僕たちは手を取り合って湖を見下ろす赤いアスファルトの道を散歩していた。ひどく長びいた梅雨のせいで湖の水は少し濁っていて、赤いアスファルトの散歩道沿いに三十歩ほどの間隔で設置された街灯の周囲は、時々虫が電灯に突進してぶつかるとばちばちと音がした。当時「わたしたちの人生のはなし」という番組を制作していた彼女は、その日ゆっくり歩きながら僕に、みんながラジオ局を出て行った後の編集室に座って、一人の人が語る人生談を編集している時の気分について話した。

「朝鮮戦争が勃発した後、二番目のお兄さんについて徳裕山《ドギュサン》に登ってパルチザンになったお医者さんがいてね。戦争が終わって、最後の掃討作戦で捕まって監獄に入れられ、出てきた後はずっと過去を隠して生きてきて、稼いだお金は大学に全部寄付して有名になったの。そういう人が一生誰にも言えなかった話をするわけ。愛人の子に生まれて、金持ちになりたい一心で働いてきたのに、無理な事業拡大があだになって不渡りを出して自殺しようと智異山《チリサン》まで行ったという東洋画家の話も覚えてる。そこで梅の木を一本見て、どうせ死ぬんだから、梅の花でも飽きるまで見てから死のうと思って三年くらい梅ばかり見ていて、それから筆を執って絵を描くようになったそうなの。私は誰もいない編集室に座って、そういう人たちの話を繰り返し聞く。最初は話の筋についていくんだけど、途中からは感情の流れを見守る。そういう時って彼らの人生という名の物語ではなく、話の中の空白を聞いているんじゃないかと思えてくる。でも編集って声と声の間の空白をなくすことでしょ。声と声の間の咳やため息、つばを飲み込む音みたいなのを探し出して消していくわけ。そうしていると、おかしなことに、すごく寂しくなるんだよね。そういう音に耳を傾けていて、リールテープを切ると寂しくなるっていうことなんだけど……。あ、あれ、何？」

そうやって編集を終え、実際に番組が放送されると、彼女は自分が直接会って聞いてきた人生談ではないような気がしていつもがっかりした。「わたしたちの人生のはなし」というのは、声と声の間や咳、ため息の音、あるいは唾を飲み込む音のようなところに潜んでいるのかもしれなかった。人生が変わる瞬間のためらいや恐れは、オープンリールを回しながら彼女がハサミで切り取ったテープのかけらと一緒に消え去った。どこに？　宇宙の向こうに。まるで、その話をしながら湖岸に沿って左側に大きく曲線を描く赤いアスファルトの散歩道の曲がり角で、彼女が「あ、あれ、何?」と言いながら走り寄って見たふくろうみたいに、だ。

話をしながら木の間に彼女が見たのはふくろうだった。彼女が僕に別れを告げたのは、それから一ヵ月と少し過ぎた頃だったが、実際に僕たちが別れることになったのは、ちょうどその瞬間だったと思う。その日、満月を背景に空を横切って飛んで行った大きくて黒いふくろうのシルエットを見ながら、僕はそのくっきりとしたシルエットみたいに僕の未来はどこまでも明瞭で、また同時に彼女がそれまで生きてきたすべての過程すらも、同じようにはっきりと理解できると思っていた。そんな明るく澄みわたった世界の中で、僕は彼女に死ぬまでおやすみの言葉をかけてあげられる人でいたいと思った。ふくろうが森の中に消えてから数分が過ぎるまで、僕たちはそうやって夕方の空を見上げていた。僕は感動のあまり、少し前から胸に秘めていたことを切り出した。

「結婚しよう」

僕の言葉に、彼女は振り返って僕を見つめるとにっこり笑った。

「まじめに言ってるんだ。笑うなよ」

すると彼女は、面白い話を聞いたとでも言うように首をそらせて、声をあげて笑った。僕は彼女の腕を摑んで引き寄せ「笑ってないで返事しろって。ほら、はやく」と催促し、彼女は笑いながら、もうやめて、と体を離した。その幸せだった数分の間に、八ヵ月間僕たちに存在していたあらゆる温もりが、ふくろうの後について、まぶしいくらいに濃い夕方の空を横切って宇宙の彼方に飛んでいったことに、僕はひと月が過ぎた頃になってようやく気がついた。それでも、彼女と僕の間に存在していた温もりが完全になくなったのではなく、宇宙のどこかに飛んで行ったと思えたからましだった。でなければ、僕は失恋の痛みから、とっくの昔に死んでいたに違いないのだから。

3

僕たちが人生で経験する偶然の事柄は、どんな場合でも、それが兆候を現すまでに長い時間を要するという点で必然的とも言えた。たとえそれが事実でないとしても、僕が失恋の痛みに死なずに生きていくためには、そうだと認めるしかなかった。思いがけなく降りしきるぼたん雪みたいに突然始まった僕たちの恋は、同じように突然終わってしまった。彼女に別れを告げられた後、僕は憂鬱な気持ちで長い時間をかけてその理由を探し出そうと懸命になったが、その理由が何であれ、満月を背景に飛んで行ったふくろうを見つめていた僕が感激してプロポーズをしたせいでないのは間違いなかった。特別な理由などないまま愛し始めた時は、この世に僕が理解できないことなど何ひとつないような気がしていたのに、特別な理由なしに別れてみると、なぜ地球は自転なんかして夜なんてつくり、一睡もできない僕を横たわらせておくのかということさえ理解できなかった。

この当惑は、しばらく時間が経つと僕の意識の深いところに潜伏して、それから三年ほどの時が流れた二〇〇四年の冬、文学担当の記者や作家仲間など数人の知人が集まったおでんバーで、九・一一テロが起きた時、それぞれどこで何をしていたのか話している最中に突然よみがえった。数日後に事件を知ったという人もいたし、タクシーに乗って帰宅している途中でニュースを聞いて会社に引き返したという人もいたが、僕は九・一一テロでフィアンセを失ったと言って、その場に居合わせた人々を最初は非常に驚かせ、その次は爆笑させた。もちろん僕の元恋人がその日、ワールドトレードセンターやペンタゴンにいて死んだわけじゃない。僕が言いたかったのは、ただ、そのテロによって僕たちの間にずっと潜在していたたくさんの問題が、どうにも理解できない過程を経て表面化し、結局は別れにつながったようだという自己分析だったのだが、手のひらでテーブルを叩きながら笑っている人たちの前で、僕はもう口を閉じるしかなかった。

その場で僕が言えなかった、つまり九・一一テロが起きた後に僕が彼女から聞いた話は、こういうことだった。九・一一テロ後にあふれ出た記事の中に、ノストラダムスがこの事件を暗示する予言詩を書いていたという内容があった。その詩は次のようなものだった。「四十五度で空が燃え上がるだろう／炎は巨大な都市に向かって近づき／一瞬にして巨大な炎が四方に飛び散って広がるだろう／その時彼らはノルマン族から確認を受けたがるだろう」。詩を読み終えると、彼女は僕にノストラダムスの詩のせいで自分は僕と結婚できないと言った。それは、地球の海面上昇のせいで僕たちは別れなければならないと言っているのと同じだった。それがノストラダムスの予言のせいだろうと、ツバルを徐々に浸食していく海面の上昇のせいであろうと、超自然的な理由で一方的に別れを告げられた男が感じる感情といったら、当惑、惨めさ、怒り、憎しみなどだろう。

このように、僕は長い間深い失意に苦しみながら、そうした感情を順に経験してからようやく、別れを受け入れられるようになった。だから、その日みんなの前でこの話を切り出すことができたこと、人々が声を出して笑っても僕の心は揺るがなかったことに、大きく勇気づけられた。それから一週間もせずに、ある出版社の編集長とランチを兼ねた昼酒を飲んで帰る道すがら、その勇気と酔いも手伝ってタクシーに乗り、突然彼女の会社を訪れた。タクシーが麻浦大橋を渡る時、車窓から漢江を眺めながら僕はアメリカのロックバンド、ドアーズの〈People Are Strange〉の歌詞をつぶやいた。〝People are strange, when you're a stranger.〟僕の知っている部分はそこだけだったが。その時、僕の心は少し他人のそれみたいだった。いや、ざらついていたとでも言うか。

4

ラジオ局の一階で訪問者カードを巡って案内デスクの女性職員や呼び出しを受けて駆けつけた警備員たちとああだこうだと揉めていると（その時は酔っていたため、そもそもなぜ揉め事が起きたのかすら思い出せないまま、ともかく僕はけんか腰になって文句をつけた）、白いワンピースにインディアンピンクのカーディガンをひっかけた彼女が社員証を首に下げて出てきた。僕が何度も彼女の名前を出したので、誰かが連絡したようだった。

彼女は、三十歳になったばかりで、前よりも女らしい魅力にあふれていた。地下鉄の改札みたいに一人ずつ通る鉄製のバーの向こうから歩いてくる彼女を見たとたん、当初の酒の力を借りた気の大きさはどこかに消え去り、こんなふうに再会するんじゃなかった、なんとかこの事態を収拾しなければと思った。

「あ、だから、この前を通ったものだから、ちょっと思い出してさ、昼飯食ってなくて、もし……」と言ってから、「お前」と呼ぼうとしている僕を見る事務的な表情に怖気づいて「アン・プロデューサーがもしお昼を召し上がってないようでしたら、ランチでも一緒に……」と、でまかせをつぶやいていると、彼女がロビーの片隅の壁にかかったデジタル時計を指差した。午後五時を過ぎていた。

「ランチにはずいぶん遅いようですけど。だいぶ飲まれたみたいですね」

周りに立っている人たちを見回しながら彼女が言った。僕はばつが悪すぎると思った。

「あ、はい。出版社に行って、ほんとは昼酒なんて飲まないんですが、スケトウダラのチゲを頼んじゃったものだから」

なんとか事態を収拾しようとしても、言葉がまともに出てこなかった。

「それじゃ、あちらからお帰りになればよろしいかと。ご案内しましょうか？」

彼女はうろたえている僕の左腕を摑んで、出入り口の回転ドアの方に引っ張っていった。ビルから出た彼女は力なく僕の腕を摑んでいた手を離すと、二、三台の客待ちのタクシーが停車する道路に向かって歩き始めた。母親に叱られた子どものようにうなだれたまま、どうにかして失敗を挽回しなければと思っていたが、何と言ったらいいのか思い浮かばなかった。両目をぎゅっとつむって歩いていた僕は、街路樹に額を強くぶつけた。ただぶつけただけならまだしも、酒に酔っていたせいか、気がついたら後ろにばたっとひっくり返っていた。目の前に星がちらつくほど痛かったが、目を開けようという気にはなれなかった。世界はなぜこれほどまでに僕にきつくあたるのか？　すべてが夢だったらどんなにいいだろう？　彼女がひっくり返った僕をそのまま置いて立ち去ってしまったら？　身動きもせずに両目を閉じたまましばらく倒れていると、屈託なく笑う声が聞こえた。その笑い声を聞いたら胸の片隅がちくっとした。僕がプロポーズした時も、彼女はそうやって声をあげて笑った。

「どうしたの？　めちゃくちゃ幼稚なコメディなんだけど。何なのこれ？」

彼女は大きな声で言った。僕は両目をぱっと開いた。

「笑い事じゃないって」

「じゃあ何なの？」

笑うのをやめた彼女が真顔になって僕に言った。

「あの時、僕の目の前がどれくらい真っ暗になったのか見せようと思って、わざと倒れたんだ」

まるでなんでもないように僕は素早く起き上がって笑い出した。久しぶりに会ったかつての恋人に見せる姿が、よりによってこのひどく情けないザマとは、恥ずかしくて死にたい心境だった。

「行こう」

彼女が言った。

「あぁ」

どのみち別れるにしても、失敗だけは挽回しようと思って僕は言い添えた。「気になって。たまらなかったんだ、すごくつらかったから、それに言いたいこともあってここまで来たんだけど。いや、用事があって、この前を通ったから寄ってみたんだけど……」と言うには言ったが、驚いたことに、あるいはおかしなことに、いざ彼女に会ってみるとそれまでずっと心の奥深くに残っていた当惑、惨めさ、怒り、憎しみなどは雪が解けるように消え去り、九・一一テロや地球温暖化による海面上昇だけでなく、ただあの日も夜が明けたから僕たちは別れるしかないと彼女が言ったとしても、すべて理解できるような気がした。

ところが、彼女は僕の話を聞いているような聞いていないような様子で前を歩き始めた。だから仕方なくタクシーに乗ってその場を離れ、二度と彼女の前に現れないようにしようと思ったが、彼女は停車しているタクシーを通り過ぎて僕のところに戻って来て、もじもじしていた僕の腕を摑んで車道を無言で渡り、汝矣島《ヨイド》公園に入った。

5

だんだん暮れていく陽光が、葉のすべて落ちた木の枝の間を力なく通過してベンチに座った彼女の横顔を黄色に染めた。彼女は眉を少しひそめ、小鼻に二、三本しわをつくって、右手をあげて日差しを避けた。そうしてから腕を組んで僕に顔を向けたまま少し体を震わせながら、時々目の前が真っ暗になって、道を歩いていて街路樹にぶつかって転ぶことについて話すようにと言った。僕に問い質しているのか、でなければ本当に気になるのか、あるいは、申し訳なさからだろうと何であろうと、僕に少しでも気持ちが残っていて尋ねているのか、僕にはわからなかったが、元恋人としてこれ以上の失態は見せられないと思い、精一杯、話を整理して伝えようとした。

「スーザン・ソンタグって、他人の苦しみを見つめる時は『わたしたち』という言葉を使ってはならないって言った女性なんだけど、小説家で批評家でもあって、たしか何冊か本も……」

「知ってる。あたしも好き。そのまま続けて」

「だから、その人が言うには、苦しみと『わたしたち』は同時に存在できないって話で、通じ合えれば苦しみはないんだよ、だろ？　この左手が男で、この右手が女だ。この二人がいつも一緒に触れ合っていたのに、こうやって離れたら、お互い通じ合えないからそれが苦しみなわけだろ」

僕は二つの拳を握って、くっつけては離してを繰り返しながら話した。

「さぁ。『他者の苦痛へのまなざし』について話してるみたいだけど、そういう意味じゃなかったような気がする。まあいいや、続けてみて」

「ともかく、くっつけば苦痛はなく、離れれば苦痛が生まれる、そういうことだよ。だから君が僕の隣にいないってこと自体が苦痛だったんだ。そばにいないと通じ合えないわけで、理解できない状況なんだ。目があっても見えない、耳があっても聞こえない状態になる。いったいどうしてだ？　ほんとにわけわかんない奴だな。理解できない。一時は自分自身よりも親しかった人に対して感じるそういう疑問そのものが苦痛なんだ。見てみろよ。こうやって風が吹いてるじゃないか。その木の間に。それなのに君がいないからこんな疑問がわくんだよ。どうして風が吹いてるんだ？　理解できない。だから風が吹くたびに苦しくなる。手を叩くだろ？　パンパンパンパンと音がする。どうして音がするんだろう？　その音が苦痛だった。世の中のすべてが苦痛だったんだ」

「だから今日じゃなくても、道を歩いて街路樹にぶつかることが多かったってこと？」

「どうしてそんな質問をするのかも僕は理解できないから苦痛なんだよ。理解できない真っ暗な闇の真ん中に置かれてるのと同じだから、今日みたいに街路樹にぶつかってるわけじゃない」

「じゃあ、ほかには何にぶつかるわけ？」

「風の音、フライドチキンの匂い、空の水色。この世のあらゆることとぶつかってるさ」

「苦痛をちゃんと理解している小説家だっていうのに、どうして売れそうにない話ばっかりしてるわけ。わざわざここまで来たんだから手伝ってあげたいのはやまやまだけど、なんて言ってあげたらいいのかな？　私について気になってることって何なの？」

「言っただろ。なんで風が吹くのか。なんで手を叩くと音がするのか」

「インターネット検索じゃないのよ」

「どうして、僕に別れようって言ったのか。そんなのネットで検索したって出てこない。

何の理由もない、理由というなら僕がプロポーズしたのが唯一の理由だろうけど、ともかく、何の理由もなく君に振られて、思えば夜だって眠れなかった。でも、もういい。大丈夫。わかるような気がするよ。少し前までは、いや、ここに来る前にタクシーの中から漢江を見ていた時はその理由がわからなかったけど、今は理解できる気がする」

「私がどうして別れようって言ったと思うの?」

「どうしてって、九・一一テロのせいだろ」

そして僕たちは大きな声で思いきり笑った。それが本当だろうと、まるで話にならなくても、ニューヨークで起きたテロのせいでソウルで別れた恋人も世の中にはいるということだった。それが僕たちだった。僕の言っていることがこじつけだと言うなら、次の彼女の言葉を録音して聞かせてあげたい。

「その通りね。ワールドトレードセンターのツインビルが崩壊したせいで、私たちは別れることになったのよ。あの時はとてもじゃないけど、これ以上あなたとの関係を続けられなかった。それに、結婚なんてのもしたくなかった。わかってくれるといいけど」

「わかるよ、理解する。まだ世界には崩壊するビルがめちゃくちゃたくさんあるんだから。

中東問題が根本から解決しない限り、いつまたビルが倒れるかわからないんだし」

僕は彼女が何を言おうと、それを全面的に信じることにした。

「皮肉ってることなんてないのに。じゃあ私に言いたいことって何だったの?」

「皮肉ってるわけじゃない。愛は病みたいなものさ。うん。僕たちは一九八二年にラスベガスで試合中に十四ラウンドでリングで倒れて死んだあるボクサーのおかげで愛し合うようになって、二〇〇一年九・一一テロで崩壊したツインビルのせいで別れることになったんだ。それは僕たちが何の理由もなく愛し合い、何の理由もなしに別れたということでもある。今は僕だってその程度のことは理解できる年になった。それはともかくとして、晩飯、一緒にどう?」

彼女は僕の顔を見つめながら首を振った。

「約束があるの」

「そっか」

僕はしばらく口をつぐんだ。

「じゃあ言いたいことはここで言うよ。アラスカのコルドバにマリー・スミスっていうイヤク族が住んでる。地球上でイヤク語を使える最後の人。人々がそのことについて感想を尋ねると、彼女はこう言ったらしい。『それがなぜわたしなのか、そしてなぜ、わたしがそういう人になったのか、わたしはわからない。はっきりしてるのは、胸が痛むということ。本当に胸が痛むわ』。聞いてる人もいなけりゃ話す人もいない。世界は沈黙なんだ。暗黒で」

彼女は僕の言葉を聞いてしばらくの間じっと座っていたが、それから口を開いた。

「いいわ。約束をキャンセルして一緒にご飯を食べよう。代わりに、その話をもっと詳しくして」

「何の話？」

「沈黙と暗黒の世界」

6

ボクシングについてものを書いてみると、苦痛について、さらに突き詰めると死について書かざるを得ないと教えてくれたのは、アメリカの小説家ジョイス・キャロル・オーツだった。彼女は『オン・ボクシング《On Boxing》』というエッセイを書く前に、僕たちが愛し合うようになったきっかけのボクサーの試合を、録画ビデオを探し出して見たという。一九四五年から一九八五年まで、アメリカだけで少なくとも三百七十人のボクサーが試合で直接・間接的に命を落としたそうだ。オーツは、ボクサーのパラドックスをこう説明した。「(ボクシングは) 肉体的技術の衝撃的な饗宴というスペクタクルのみならず、言葉では決して伝えることのできない、感情的な経験を求める人々を執拗に刺激する。ボクシングとは、それと似たような芸術は存在しない、独自の芸術形態だと私は言いたい」。

僕がオーツのこの言葉を思い出したのは、酒に酔ってラジオ局に彼女を訪ねて行ってから二年の時が流れた先週のことだった。マンションの玄関を出ようとしたら、ポストに小包が入っていた。思いがけないことに、それは彼女が送ってきた航空便だった。封筒の表に書かれた差出人の住所はアメリカ・ネバダ州ラスベガスのシーザース・パレスホテルだった。エアクッションつきの黄色い封筒を開けてみると、CDが一枚と手紙が一通入っていた。シャープな黄色いホテルのロゴが刻まれた便箋十二枚に及ぶ長い手紙には、彼女が砂漠のど真ん中にあるその街に行くことになった理由が書かれていた。手紙は、僕が聞かせた話のおかげでアメリカまで来ることになったのだから、まずはありがとうと言いたいという文章で始まった。

韓国言論財団で行っている海外長期研究プログラムというのがあって、彼女は僕が話したイヤク語の最後の使用者マリー・スミスの話に着目して「言語の死」というテーマを選び、カリフォルニアで消えゆくネイティブアメリカンの固有語の運命と彼らのアイデンティティーについて研究するという計画書を提出したところ、それが選ばれて、現在、サンフランシスコ近郊にあるUCバークリーに客員研究者として滞在しているとのことだった。そこまでは、特別何も感じず「あぁ、そうなんだ」くらいの気持ちで適当に手紙を読んでいたが、一ページ目が終わると、ある程度時間が経ってからまた書き始めたような、今度は少し殴り書きの筆跡で次のように書かれていた。

「あなたの言った通り。通じ合える対象を失ってしまったということは、自分を表現する方法を失ったのと同じこと。私がアメリカに行かなくちゃと思ったのは、本当は死にゆく、あるいは死んだ言語について調べたいと思っただけじゃないの。テレビでニューヨークのワールドトレードセンターが崩壊するシーンを繰り返し見ていた時、一つの疑問がわき起こった。いったい、一九八二年の秋、ラスベガスではどんなことが起きたんだろう？」

その文章を読むなり、僕たちが初めて出会ったニューミレニアムのクリスマスイブに彼女が僕に言った言葉、「その選手のことです。ラスベガスで死んだ選手。その選手の苦しみを小説に書けます？」を僕は思い出し、彼女がいたずらにそんな質問をしたのではなかったことに気がついた。嘘だろ。そうだとしたら、僕たちは一九八二年のラスベガスで、試合中に十四ラウンドで倒れて死んだあるボクサーのおかげで愛し合うようになり、二〇〇一年九月のテロのせいで別れることになったというのは、絶望しきった僕が苦しまぎれに見つけ出した滑稽な論理でもなんでもなく、実際に起きたことだというのか？

7

手紙によると、二〇〇一年九月一一日、テレビでニューヨークのツインビルが崩れる光景を見て以来、彼女はずいぶん前にアメリカで失踪した父親の行方を探し始めた。彼女が覚えている父親は、分厚い眼鏡をかけて家族に神経質な声で怒鳴りつけているか、朝になっても二日酔いで起きられず、氷水で冷やしたタオルを顔にのせて横になっていた。まだ小さかった彼女を見つめる時は、黒ぶち眼鏡の奥の二つの瞳に憐憫が浮かぶこともあったが、たいていは感情のない獣のように、意味もなくだらだらと涙を流していることが多かった。彼女は父親の涙を一滴たりとも理解できなかった。父親が眼鏡をかけるようになったのは一九七七年にイリ駅で爆発事故が起こった時に、駅近くのサムナム劇場で公演前の控え室にいて大怪我をしてからだった。その時、劇場の屋根が吹っ飛んだサムナム劇場にはハ・チュンファ[*2]もいたし、イ・ジュイル[*3]もいたと父は回想した。いつもいらついていると言わんばかりに眉間にしわを寄せているか、涙を流していたから、七〇年代はずっと司会アシスタントとして地方のステージを転々としながら無名生活を送っていた父親が、一九八〇年五月、ついにTBCテレビ局のバラエティ番組に登場した時、彼女は「あの人はほんとにお父さんなのか?」と首をかしげずにはいられなかった。テレビに出てきた父親は、何をされても馬鹿みたいに笑っていたからだ。わずか七歳ではあったが、コメディを演じるために眼鏡をとった（黒ぶちの眼鏡をかけたままではコメディにならないから）

父親が、焦点の合わない目をとろんとさせて、ほかの人たちにからかわれているのを目の当たりにした彼女は羞恥心を覚えた。だから、ソウルのはずれの劇場で公演がある時など、街の路地や電信柱に貼ってあるポスターの楕円形の写真を指差しながら、友人に父親は芸能人だと自慢していた二人の兄たちが、父親がついにテレビに登場したと喜び小躍りしている間、彼女は部屋の隅で耳をふさいでラプンツェルの童話を読み耽っていた。

地方回りの劇団時代から、彼女の父親のレパートリーは「月の国へ行ったうさぎとすっぽん」だった。彼は、地球でうさぎが絶滅した二十一世紀、うさぎの肝臓を手に入れよ、という龍王の特命でロケットに乗って月まで探しに行くすっぽん役を任され、何かといえば桂の木にぶつかり、食べかけで捨てられたにんじんを踏んで滑り、うさぎの悪知恵にだまされて服を全部脱いだまま下着姿でのろのろとはいつくばるドタバタ喜劇を演じた。父親が演じたうすのろ役はペ・サムリョンの後を継ぐものだったが、同じ頃にテレビデビューし、Susie Q[*4]に合わせてお尻を振るダンスを踊っていたイ・ジュイルに比べれば、ずいぶん時代遅れだった。しかも「月の国へ行ったうさぎとすっぽん」は、地方回りの劇団のスタイルのまま「クェジナチンチンナネ」[*5]を歌いながら終わるせいで、なおさら古めかしく感じられた。

　人それぞれの評価はどうであれ、朴正煕大統領が暗殺された後、韓国人はとにもかくにも時代が変わったことを実感しようとしていたから、維新時代にチャンチュン体育館で開催された全国民俗芸術競演大会風のコメディより、見ているだけで噴き出してしまうようなイ・ジュイルのお笑いに熱狂した。理由なんて必要ない、ナンセンスの時代だった。そのせいで、テレビに映る父親を見て、感涙を浮かべてはしゃぎまわっていた彼女の兄たちでさえも、下着姿で亀の甲羅を背負って中腰になり、唯一の流行語だった『笑い事じゃないんですって」と言う父親より、「ぶさいくでスンマセン」と自虐的につぶやくイ・ジュイルの真似をすることが多かった。

　彼女の父親がテレビから淘汰されるのは時間の問題のように見えたが、思いがけない事態が起きて、彼は主役のいない舞台で我が物顔に振る舞えるようになった。一九八〇年九月一日、全斗煥大統領の就任式を前に、ペ・サムリョン、ナ・フナ、ホ・ジン、イ・ジュイルなどが「低質芸能人」との烙印を押されて事実上の出演禁止になったのだ。低質というなら彼女の父親も除外されるはずはなかったが、どういうわけか、彼はその後も特にお咎めを受けず、そのままテレビに出演できた。その時がおそらく、コメディアンとしては一番幸せな時期だったはずだ。彼女にとってその幸福は、彼女専用の部屋がある二階建ての洋風の家となって姿を現した。おかげで、その洋風の家の窓際で、彼女は塔に閉じ込められたラプンツェルになって王子様を待っている空想もできた。しかし、そうやって想像するようになるまでは、父親がどんな仕事をしていたのか知らなかった。

8

彼女は映像資料院の資料室で父親の名前を検索して「大韓ニュース」第一二九七号「特報・第十一代全斗煥大統領就任」編を見つけた。資料の説明書きの下に「市民たちの反応─「クェジナチンチンチンナネ」を歌う喜劇人　アン・ボンナム氏」と書いてあった。資料室でビデオテープを借りた彼女は、機器の設置された閲覧席に座って、気がはやるでもなく、「特報」という字幕で始まり、就任式が開かれる蚕室《チャムシル》体育館に向かうために世宗路を通って行く「全斗煥大統領と李順子夫人」一行の車両を映した映像から見た。市民たちの反応はニュースが終わる頃になって出てきたが、ついに父親が現れた時、もう少しで彼女はその場でモニターを切ってしまうところだった。右手で口をふさいだ彼女の顔は真っ赤になった。

画面の中で、喜劇人アン・ボンナム氏は一九八〇年九月一日、特別に一般に開放された青瓦台前の道に集まった人々を前にして、喉が張り裂けんばかりに「聖君のおでましだ！」と叫んでいた。説明には「喜劇人　アン・ボンナム氏」が「クェジナチンチンチンナネ」を歌うとあったが、父親が登場する場面はそれで全部だった。「クェジナチンチンチンナネ」の歌詞を変えて歌ったのかもしれず、その場面の後で本格的に「クェジナチンチンナネ」が始まったのかもしれない。いずれにせよ、第十一代全斗煥大統領就任を知らせる「大韓ニュース」に、喜劇人アン・ボンナム氏は七秒ほど出てきて「聖君のおでましだ！」と叫んだだけだった。当時「大韓ニュース」を編集した人の観点では、「聖君のおでましだ！」さえ伝えればよかったのであり、歌のリフレイン部分なんてどうでもいいことだったのだろう。彼女は、一九八〇年九月にその「大韓ニュース」が全国の劇場で上映されるのを想像した。それはあまりにもぞっとすることだった。

プロデューサーになる前から、彼女は一度も父親がアン・ボンナム氏だと自ら口にしたことはなかった。それは、父親がある日家族を捨ててアメリカに行ってしまったからだけではなかった。一年ほどテレビに出ていた彼は、テレビ業界からも完全に忘れられた存在だったから、父親がコメディアンだったと言えるような立場でもなかった。人々は、その時代のコメディアンと言えばペ・サムリョンやナム・ボウォン、ク・ボンソやイ・ギドン、イ・ジュイルを思い浮かべるだけだ。[*6] でも「大韓ニュース」第一二九七号を見てから、自分の推測とは異なり、多くの人が劇場の大型スクリーンに出て、平穏に暮らす市民を殺して大統領になった軍人に向かって「聖君のおでましだ！」と叫んだコメディアンを覚えているかもしれないと、彼女は思い始めた。父親がそんなことをしたと、それまで想像さえできなかった彼女は、もうこの辺りで父親の行方を追うのはやめるべきではないかと思った。それまでの人生で、彼女が父親と一緒に過ごした時間は一九八一年五月から翌年の一〇月まで、およそ十七ヵ月がすべてだった。アン・ボンナム氏はもしかしたら自分の知るその人ではないかもしれない。なぜアン・ボンナム氏が家族を捨ててアメリカに逃げたのか理解するのは不可能にも思えた。もう父親の行方を追うのはやめるべきだった。

にもかかわらず、彼女は手紙に次のように書いた。

「前に忠州湖でふくろうを見た時、私が話したことを覚えてる？　ほかの人がみんな帰ってから編集室で一人座ってオープンリールをあっちへこっちへと回しながら一人の人の人生を編集する時どんな気分がするのか、話したことがあったでしょ？　夜通し編集していると、ある瞬間に、話の内容よりも、声のトーンや速さが聞こえてくる。その声に長い間耳を傾けていると、その人の人生の光と影、熱気と冷気、孤独や悲しみまでもが聞こえるような気がした。その人がどんな人生を生きてきたのかは、話ではなく声から感じられる、そういう微妙な響きみたいなものだってずっと思っていた。あぁ、この人は今苦労話をしながらも、声はあの時代が一番幸せだったと言っているんだ。何度も繰り返し聞きながら、そう一人つぶやくことがあった。編集しながら私が一番残念だったのは、声が途切れる瞬間。もっと話せるのに、人々はある瞬間、話をやめる。しばらくの間沈黙が続いてテープはただ回り続ける。沈黙と暗黒。私の耳には雑音だけが聞こえる。何度も聞いていると、ひょっとするとその瞬間こそ私が耳を傾けるべき瞬間かもしれない、そこに真実があるのかもしれないと思う。一秒、二秒、三秒、四秒、五秒。私は声がもう一度聞こえるのを待ちながら、消えていったその声の感情を読むの」

彼女は父親を覚えている人々を訪ねると同時に、映像資料院とテレビ局を行き来しながら父親の映像をいくつか見つけ出し、一つのテープにその映像をコピーしてまとめた。彼女はそのテープに「月」と書いてから、「に行ったコメディアン」と付け足した。その後、彼女は時間ができるとそのテープを繰り返し見た。画面は見ないで、声だけ聞くこともあったし、声を完全に消して画面だけ見ることもあった。ビデオを再生したまま皿洗いをすることもあった。服を着替えることも化粧を落とすこともできずにただベッドに倒れ込むくらい酔っぱらって、そのビデオを再生して眠りにつき、翌朝ブルーの画面を見ていったい何をしていたんだろうと面食らうこともあった。最初は父の行為に目をそむけたかったり、恥ずかしかったりもしたが、ついには哲学書に書かれた文章を読むように、なんの感情もなしに、見えるものと聞こえるものをそのまま受け入れられるようになった。

そのビデオに入っている資料によれば、発泡スチロールでできたロケットの壁を壊して舞台に登場し、食べかけのにんじんを踏んで滑って転び、桂の木に突進してぶつかる程度で終わっていた父のドタバタ演技は、一九八〇年の九月以降、目に見えておかしくなり始めた。彼は、下着姿で倒れ込むと、両手で床をまさぐりながら亀のようにのそのそとはいつくばり、隣の共演者にぶつかると、台詞を忘れたかのように、ぼうっとした目を両手でこすりながらカメラを凝視して「笑い事じゃないんですって」と、彼の唯　の流行語を口にした。そういう時は、それがコメディの一場面ではなく、実際に起こった出来事のような気がしてならず、思わず気の抜けた笑いが出た。もちろん、後にはそんな笑いすら出てこなかったが。

9

彼が登場する最後のシーンは、一九八一年五月に汝矣島で開かれた「国風81」[*7]の舞台だった。国風という言葉とは正反対に、その舞台で彼は低質なドタバタコメディのすべてを披露してみせた。彼は、亀の甲羅を背負って、舞台の隅にあったロケットの中から、すっぽんがロケットに乗って月まで飛んで行く場面を声帯模写で表現した。

「スリー、ツー、ワン、発射。ブーーーーーーン！　しゅわ〜〜〜〜〜〜。こちらすっぽん、こちらすっぽん。竜宮管制センター応答せよ、オーバー。現在ウサギをつかまえに月に向かう途中。どこまでも明るい夜空に実にたくさんの凧が集まっています、オーバー。韓国の凧、日本の凧、中国の凧、どういうわけか西洋の凧も見えます、オーバー。ありとあらゆる凧が集まった、オーバー。地球の凧たちよ、さらばじゃ。我輩は月へ行く、オーバー。トゥトゥトゥトゥ。ヒュン」

ロケットを突き破って飛び出したすっぽんは、重力の弱い月でうさぎと餅つきをするんだと杵を手にして滑稽な動作をしたり、うさぎの杵を避けて逃げようとして桂の木にぶつかって木もろとも地面にひっくり返ったりもする。倒れた小道具を起こそうとスタッフが上がってきたりして騒がしい中、じっと床に横になっていた彼は、また例の「笑い事じゃないんですって」と言いながらすっくと起き上がると、準備していた台詞を読みあげる。

「地球に行ったら汽車に乗せてやろう」とすっぽんはうさぎを誘うが、月で暮らしていたうさぎは汽車が何なのかわからない。すると、すっぽんはうさぎを地面に寝かせて、これが線路だと観客たちに向かって言う。両頬をピンクに塗って長い耳のついたヘアバンドをしたうさぎは、とまどった表情で「じゃあ汽車はどこにあるんだい？」と聞く。すっぽんがズボンを下ろすふりをして、うさぎが「どうしてズボンを下ろすんだい?」と聞くと、すっぽんは「幌をかぶせて進む汽車なんてあるわけがないだろう?」と答える。そこに猥褻な意味が隠されていることは、ぱっと起き上がったうさぎがすっぽんの股間を蹴飛ばすと「おおおっと、そこはおれの頭だよ。亀頭っての聞いたことないのかい?」と悲鳴をあげるところで、明らかになる。

その日の最後のシーンは、またもやうさぎを地球に連れていくのに失敗したすっぽんが、いまや死にかけている龍王の一代記をコミカルに再構成した、例の「聖君のおでましだ!」という叫び声から始まる「クェジナチンチンナネ」で終わった。マイクを握った彼は、観客にその民謡のサビの部分を一緒に歌おうと誘いかけ、舞台の前方に歩いて行った。公演の間ずっと反応のなかった観客たちが、その歌に調子を合わせるはずはなかった。にもかかわらず彼は、大胆にも前に進んで行き、次の瞬間、ダンッという音と共に画面から消えた。その翌日、ある新聞のコラム「横説竪説」欄に掲載された記事によると、彼は「一メートル以上ある舞台の上から落ちる」「国風81を準備した当局の趣旨に反する」「空前絶後の低質コメディ」を披露したのである。カメラは、桂の木の横で半壊したロケットが残る舞台を映していて、録音には伴奏音楽と、その時になってわき起こった人々の笑い声が残っていた。

三度目にそのシーンを見た時、彼女は二十年前にその場所に集まっていた人々と同じように、大きな声で思いきり笑った。「聖君だなんて。あんな人を聖君と叫びながらどうにか人気を保っていたなんて。まったくもって痛快。何なのこれ。そう思ってしばらくの間笑っていた」と彼女は手紙に書いた。その後、月に行ったコメディアンは地球に帰ってこられなかった。「横説竪説」の筆者が言うように「あんな低質なコメディは、もはや地球から追放しなければ」ならなかったから。国風81のあの舞台は、彼女の父親が出た最後のテレビ映像だった。舞台から落ちた事故をきっかけに、彼にはテレビ出演の依頼はもうこなかった。いくらか時間が流れ、彼女はもうそのビデオテープを見なかった。つまり、酒に酔ってラジオ局まで訪ねていった僕がうなだれて歩いていて、そのまま街路樹にぶつかるまでは。

10

のんびりとした口調と高い声から推測するに、電話を取った人は五十代半ばに思われた。彼女の手紙に書いてあった番号に電話をかけて一部始終を説明すると、その男は、自分は動けないのでこちらまで来てほしいと言った。その人が来るようにと言った場所は、江東《カンドン》区にある点字図書館だった。その時まで僕は、一度も点字図書館に行ったことがないばかりか、そもそも視覚障害者のための図書館がこの世のどこかにあると思ったこともなかった。だからその図書館に行く前に僕が想像できたのは、回想に耽るようにして両目を閉じたまま机の上に広げてある凹凸が刻まれた点訳本を二本の指先でなぞる視覚障害者たちでいっぱいの閲覧室だったが、それはどこか不思議な光景としか思えなかった。

いざその図書館に行ってみると、それが無知ゆえの想像だったことに気がついた。市場に近く、車の音が騒がしいオリンピック道路の横にある四階建ての図書館は、僕の知るどの図書館とも似ていなかった。僕は、図書館についてのこだわりがあった。僕にとって、図書館にはきれいに整えられた花壇がなければならなかった。花壇は集中して本を読めるように世間と図書館を隔てると同時に、季節のうつろいを映し出し、活字の世界に入り込んでいる人たちに現実感を与えなければならない。だから、市場の奥の道路に面した図書館の建物を見た時、僕は少しとまどった。

ガラスの扉を開けて入ると、右側には点字ステッカーの貼ってある自動販売機があり、左側には大韓聖書公会が出している点字聖書の入った箱が積み上げられていた。入り口の向かい側にある展示用書架に置いてある本だけが、そこが図書館だということを示していたが、『身体の不自由な人・お年寄り　ソウル市無料シャトルバス利用案内』『ギター教本』『ピアノ名曲集』などの本を開いてみると、活字はひとつもなく、ただ前後二行ずつ並んだ凹凸だけだった。自動販売機の後ろで点字印刷機の作動する音が聞こえ、点字聖書ボックスの背後にある事務室からは、女性二人が楽しそうに笑う声が聞こえた。点字図書館だと思うからか、僕は音により敏感になった。ようやく僕は点字図書館に花壇なんて必要ないことに気がついた。視覚障害者たちには広い空間はむしろ危険に違いなかった。

一階から電話をかけると、男は左側の階段を上がって三階に来るように言った。三階まで上がると「音響資料室」と書いたプレートの貼ってあるドアが開いていた。その中にラジオ局のようなスタジオ施設があった。スタジオの中ではボランティアが一人、本を朗読していて、外では女が一人、コンソールの前に座ってその様子を見守っていた。二人は本を録音するのに忙しいのか、僕がドアの外から中を覗き込んでいることに気がつかなかった。僕が来た音に気づいたのは、コンソールの前に座る女の後ろにいる、両手で白い杖を握って腰かけた中年の男だった。僕が思い描いていたのとそう違わない姿だった。男は僕の方に振り向くと、電話をかけてきた人かと聞いた。そうだと言うと、男は自分の隣にある椅子を示して、朗読はもうすぐ終わるから少し待ってくれと言った。僕は男の隣に座って、コンソールの前に座った女の肩越しに見えるスタジオの中を眺めた。

僕はスタジオにいる女が読んでいる本が何なのか、なんとかして知ろうとしたが、「私はお礼を言いかけたが、彼にさえぎられた。そんな必要などなかった。カルパチア平原はまだ雪におおわれていた。さわやかな空気を吸い込むと、いつもと違って身体が軽く感じられた」などの文章だけではそれが誰の本なのかわからなかった。やがて「ダンテってだれだい。『神曲』ってなんだい。『神曲』とは何か手短に説明しようとすると、何と奇妙で目新しい感情が湧いてくることか」という部分にきて、その本のタイトルと著者の名前が思い浮かんだ。それはプリーモ・レーヴィの『アウシュヴィッツは終わらない──あるイタリア人生存者の考察』だった。収容所で、プリーモ・レーヴィが仲間たちに『神曲』の文章を思い出してフランス語に翻訳して読む場面だった。

「さあ、ピコロ、注意してくれ、耳を澄まし、頭を働かせてくれ、きみに分かってほしいんだ／きみたちは自分の生まれを思え／けだもののごとく生きるのではなく、／徳と知を求めるため、生を受けたのだ。／私もこれをはじめて聞いたような気がした。ラッパの響き、神の声のようだった。一瞬、自分がだれか、どこにいるのか、忘れてしまった」。隣に座った男はうなずきながら女の声に耳を傾けていた。時々、嘆息のような音が聞こえたりした。ほかにすることがなかったので、僕も彼女の声に耳を傾けた。話の中でプリーモ・レーヴィは、「ピコロよ、許してほしい、少なくとも三連句を四つ忘れてしまった」とか「彼に語り、説明しなければ、中世という時代を。このように、予想もできないような、必然的で人間的な時代錯誤を犯させる時代を。そしてさらに、私がいまになって初めて、一瞬の直観のうちに見た何か巨大なもののことを、おそらく私たちにふりかかった運命の理由を説明できるもの、私たちがここにいるわけを教えられるものを、説明しなければ」と叫んでいた。やがてその叫びは「遂に海は我らの頭上で閉じた」（竹山博英訳『アウシュヴィッツは終わらない』朝日選書）という文章で終わった。朗読がすべて終わると、コンソールの前に座っていた女は、お疲れさまと言い、男は杖を胸に抱いて両手を叩いた。僕も一緒になって拍手をした。

11

男は僕に、四階に自分の部屋があるからそちらに行こうと言った。彼は椅子から立ち上がると杖をつきながら歩き、僕は彼の後について行った。コンソールの前に座っていた女が外に出ていく彼に「後でまた録音がありますから、いらしてください」と言った。男は振り返りもせず、左手を振りながら「今日はここまで」と答えた。部屋というのはなんだろうと思っていたが、四階に上がると、彼の言う「部屋」は図書館長室だった。彼は、ドアを開けて左側にあるスイッチを上げて室内を明るくして中に入ると、ブラインドのかかった窓を背にして一人がけソファに座った。

「そんなところに立っていないで、こちらにどうぞ」

イ・インヨン館長が僕に言った。僕はソファの後ろの机の上に置かれたネームプレートを見て、彼が図書館長のイ・インヨン氏だとわかった。僕は三人がけのソファに座った。人工皮革のソファから空気の抜ける大きな音がもれて少しばつが悪かった。僕はイ館長に、彼女に手紙で依頼されたことを説明した。手紙には、イ・インヨン氏に連絡して手紙に同封したCDを渡してもらえるとありがたいと書いてあった。僕は鞄からCDを取り出してテーブルの上に置いた。父親が出ている映像をまとめたビデオテープに書いたのと同じように、彼女がCDに書き込んだ「月に行ったコメディアン」という文字を、僕はしばらくじっと見ていた。

「どんなお仕事をされているんですか？」

突然イ館長が僕に尋ねた。

「小説を書いています」

僕は答えた。

「小説家でいらっしゃると？」

「はい」

「興味深いですね。ちょっと前に録音した本に、アフリカでは老人が一人死ぬと、図書館が一つなくなるのと同じだと書いてありました。まさにその通りだなと。もう本を読めなくなったので、私にとっては一人ひとりの人間が一冊の本に当たるのです。私のように目が見えなくなると、読める本は限られます。小説家には一度も会ったことがなかったので、小説家についての本は読んだことがないのと同じです。こういう機会はめったにないですからね。せっかくだからいくつかお尋ねします。最近はどうですか？　小説で食べていけますか？」

この時になってようやく、図書館長も視覚障害者だと僕は気づいた。

「やはり斜陽でしょうね、活字産業というのは。近頃の人たちは活字よりも映像のほうがわかりやすいようです」

「先生の小説はいかがですか？　売れているほうですか、売れないほうですか？　ベストセラーはありますか？」

初対面で小説の内容やタイトルについて尋ねる人はいても、こんなふうに質問する人は初めてだったので僕は少しとまどった。

「敢えて言うなら、売れないほうです。五冊出しましたが、その中にベストセラーは一冊もありません」

「これは私の個人的な見解ですが、だとすれば、我々のように目の見えない人間にとって、あなたの小説は存在しないのと同じです。本一冊をオーディオブックにするには多くの費用がかかりますから、身体の不自由な人たちの自立を助ける内容や、ベストセラーだけが我々が手にできる本なんです。私たちは不自由な身だから仕方ないとしても、おそらく、多くの健常者たちにとっても同じだと思います。彼らは先生の小説がこの世のどこかにあると考えたことすらないかもしれません。売れないほうだというならば、の話ですが」

「でも、必ずしもたくさん売れさえすればいい小説だとは思いません。僕は読者が一人でもいれば、小説を書きます」

「あぁ、私はただ認識論の次元で自分の考えを話しているだけなんです。誰かが先生の小説を私に読んでくれない限り、私は先生の小説を読めません。それが現実なんです。何がいい小説で、何が悪い小説かなんて私にはわかりません。でも、私が読みたい小説は、先生の小説のように、すみませんこんなこと言って、売れない小説なんです」

「もうこれからは読めない本だから、という意味でしょうか？　つまり、希少性の問題ですか？」

「その通りです。私が最後に読んだのはイ・ジェハ[*8]の『草食』という小説でした。その時はまだ、私も国文科の博士課程に在籍していました。先天性の白内障で左側の目はもう見えない状態で、右目だけで毎日本を読んでいました。あの頃は、要約できない本ばかり選んで読んでいました。なぜならば、目が見えなくなれば本を読めなくなるのだし、実用書やベストセラーは、読んだ人に内容をまとめて教えてもらえばいいと思ったからです。右目にも黒い楕円が現れて、だんだん大きくなって、いつの日か完全に目の前を塞ぐようになりました。視力を完全に失う前だから、一九八一年の夏でした。イ・ジェハ先生に『草食』は一〇・二六事態[*9]を予告して書いた小説ですか、と尋ねる手紙を送ったのですが、その後、黒い楕円が完全に私の視界を塞いでしまったので、返事が来たのか、来たのならなんと書いてあったのかわかりません。その後は要約の不可能な本、あまり売れない本は私の世界から完全に消え去りました。目が見えなくなる前は、いろんな本を読めたので、この世にいかに多様な人たちが生きているのか知ることができましたが、もう今では、この世にあれほどさまざまな人たちが生きていることも信じられないのです」

「実用書とベストセラーばかり読んでも、生きていくのにはなんの支障もないのではありませんか？」

「支障はたくさんあります。少し前にイギリスのある視覚障害者の教授が書いた本を点字で読んで、メルロ・ポンティの書いた『知覚の現象学』について知りました。彼はその本を読んで、自分がなぜ時々、幽霊になったような気がするのかわかったらしいんです。でも、私はその本を読めません。私には、なぜ時々幽霊になったような気がするのかを知る術はありません。読書のレベルで言うならば、私たちは最大限に努力してこそ常識的な人間になれるんです。その事実は私を憂鬱にさせるんです」

僕は何も言わずにうなずいた。そして、二人とも話すタイミングを失って黙っていた。イ館長は僕の顔を見られないから、イ館長の表情から僕に対する反応を知ることはできなかったし、そのために僕は意思疎通に若干の不便さを感じた。話が全部終わったのかわからず躊躇していた僕に、イ館長は言った。

「どうぞお話しください」

「え、どうして僕が話そうとしたのがわかったんですか？」

「目が見えないと耳が冴えるんですよ。人は大概話しだす前に口で『スゥ』という音を出すんです。すると『あぁ、この人は何かを言おうとしてるんだな』と思うんです。おわかりでしょうけれど、本を読むのは大変なので、私のような場合は、よく知らない人と会って討論するのが好きなんです。そうやっていろいろな意見を聞かないとなりませんからね。それで、話が長くなりました。どうぞお話ください」

「わかりました。アン・ミソンさんとはどのようなお知り合いでいらっしゃるんですか？」

「あぁ、さっきのを見ておわかりかもしれませんが、この図書館にはなかなかいい録音スタジオがあるんです。その録音スタジオをつくったのは昨年ですが、その時、ある後援者の紹介でアンさんと知り合ったんです。音響資料をつくる方法を知っている人がいなくて、彼女にいろいろ助けてもらいました」

「アンさんは今アメリカにいるんです」

「ええ知っています。アメリカに行くまで毎週ここでボランティアをしていましたから」

「そうだったんですか。それなのにアメリカから僕宛に手紙がきて、館長に渡してくれというCDが入っていたんです。最初は不思議に思いました。なんで僕にこのCDを館長に渡すように送ってきたのか」

「ははは、それはあれですよ……」

イ館長は笑いながらもう一度言った。

12

視力を失って一年も経たない頃、イ館長は服を着替えるために箪笥の方に向かって、誰かが開けておいた扉に右目を強くぶつけて眼球が破裂してしまった。よりによって眼圧が高く、瞳孔が水を溜め込んだ風船と同じような状態だった。どのみち昼と夜の区別しかつかない目だったから、そのせいで突然目の前が真っ暗になったり、心理的に深く絶望したりはしなかったし、幸いにも、傷ついた部分は塞がり、完全に破裂するのは免れた。しかし、その後も瞳孔を動かすと耐えがたいほど強い痛みを感じた。痛みがひどい時は眼圧を下げる薬を飲み、じっと両目を閉じて横になって濡れたタオルを目の上に乗せたまま瞳孔を動かさず、痛みに耐える以外にできることはなかった。薬を飲むと意識が朦朧としてふらふらした。現実と幻想を区別できず、苦痛の中でちらちらと網膜をよぎるものについてつぶやいていたが、それがみな狂人のたわごとのように感じられた。

狂人のたわごとのようなものとは何なのかと尋ねると、イ館長は大昔だったら、盲人予言者として崇められてもおかしくないような、そんな内容だと答えた。「言うなれば」と僕は切り出した。

「ノストラダムスの予言詩のようなものですね」

そう言ってから、さまざまな考えが僕の頭をよぎった。

「そうです。不吉な気配が全世界を覆い、地面に巨大な蛇が閉じ込められる、というようなね。眼球が破裂すると瞳孔に血が溜まるんですが、その時は赤い光が明るい世界を染めていくのが見えるんですよ」

とうとうイ館長は二つの道のうちの一方を選ばなければならなかった。ひとつは日常を諦めて、苦痛の中で現実と幻想がない混ぜになってしまう眼圧に耐えること。もうひとつは、視覚障害者としての運命を受け入れて眼球を摘出し、その苦痛から永遠に解放されることだった。眼球を摘出するということは、視力を失ったとはいえ、強い光や人の動きくらいはかすかに見分けがつき、医学が発達すれば視力を取り戻せるかもしれないという漠然とした希望を捨てることを意味した。その二つの選択肢の間で長い間悩んだ末に、イ館長はついに眼球を摘出することに決めた。

それは生まれ変わるのと同じだった。プリーモ・レーヴィが『アウシュヴィッツは終わらない―あるイタリア人生存者の考察』で引用したダンテの『神曲』には、「私は大海原に身を投げ出した」というオデュッセウスの言葉が出てくるが、眼球を摘出した後、イ館長が直面することになる世界をこれほど正確に説明できる文章もなかった。その後は苦痛のない恍惚とした世界が彼の前に広がった。その世界の中で、時間はゆっくりと流れ、繰り返し事物は存在したかと思うと一瞬にして完全に消えて、視覚的に言うならば、夢のほうが現実よりもずっと生き生きとしていた。しばらくしてイ館長は、自分の目が見えなくなるにつれて、自分がほかの人々にとって見えない存在、透明人間や幽霊のようなものになったことに気がついた。

「私の目が見えないことを知ると、人々は私がまるでそこにいないかのように行動するんです。向き合って座っていても、私の顔を見ないで話す人が大部分ですよ。一度、ものすごく寒い冬の日にマフラーを巻いて外に出たことがあります。杖をついて歩きますから視覚障害者だということがわからない人はいません。風がそれは強く吹きつけていて。その時、あるおばさんが私に『どうせ目が見えないんだからマフラーで顔をおおっちゃえばいいじゃないの、どうして首にだけ巻いてるの』と言ったんです。それもそうだなと思いました。どうせ私は前が見えないのだから。その言葉は、どうせ他人には私は見えないと言うのと同じです。それならば私の存在そのものが消え去ります。視覚障害者の核心は、私が消え去るという点です。見えなければ存在できないのですから」

イ館長の説明は続いた。

「眼球を摘出した後も、そこに真っ暗な闇が存在するのではありません。視神経がまだ生きているからなのかもしれませんが、私が見ているのは完全な暗闇ではなく、灰色、時にはピンク色が漂い、時には青い光を帯びた灰色に近いんです。夢ではさらにもっとよく見えます。一九八一年の夏、私の視覚的世界は終わりました。それ以来、私の知る世界は触覚と聴覚で成り立つ世界です。視覚がなくなったからといって何か変わったりしないのではと思われるかもしれませんが、ずいぶん違うんですよ。今私のいる世界には空がありません。星もありません。広々と開けた空間は、私にとって暗黒の空間です。私は狭い空間であるほど感覚が鋭くなります。例えば、ああ、と声を出せばその声が壁に反射するのを聞いて、その部屋の大きさを推し量るんです。そこに座って話を聞いていますか？」

「はい、聞いています」

「こんなふうにです。声に出した返事が聞こえるまで、あなたが私の前にいるのかいないのか、私はわかりません。聴覚的にはあなたは今存在しないんです。でも返事があれば『あ、そこにいるんだな』とわかります。だから、時には一人でおしゃべりするんです。前に誰もいないのを知らずにね。私が生きる世界はそういう世界なんです。でも、眠っている時は相変わらずたくさんのものが見えます。もちろん私の無意識の中に残っている視覚的な残影でしょうけれど。夢の中ではたくさんのものを見るんです。同じように、目が見えなくなるまで私が見ていたものに対する視覚的記憶は、わずかながらまだ残っています」

イ館長は話をやめて、ドアの横に浄水器があるから水を一杯頼むと言った。僕は積んである紙コップに水を入れてテーブルの上に置いてから、彼の手を紙コップまで引き寄せた。イ館長はコップを手にして水を飲んだ。

「いいですね。お上手です。こうすれば私たちは水を飲めるわけです。『そこにあるじゃないか』と言われてしまうと、水を一口も飲めません。道を歩いていて駐車中の車にぶつかると、『左側を歩いてください』と言う人がいるんです。私たちにとって左側は無限大の空間なのに、そのことを知っている健常者はほとんどいません。それはともかく、話を戻すと、私は一九八一年の夏まで生きていた視覚的世界で一度死んで、視覚のなくなった世界でまた生まれたことになります。それは、まるで前世の記憶を抱いて生きるのと似ているんです。誰かが光化門について話す時、私の頭の中に浮かぶ光化門は一九八一年の夏までの光化門です。眼球を摘出してから、以前に行ったことのある場所であればあるほど、もう行かないようになるのですが、それはもしかしたら、自分の記憶と異なる部分を知るのを恐れているのかもしれません。それは、おそらく成長を恐れることと似ているはずです。頑として過去の視覚的残影にしがみついているということです。でも、そのせいで、ほかの人たちは覚えていないことも私はしっかり覚えてるんです。例えば、アンさんのお父さんについても同じでした。アンさんのお父さんがコメディアンのアン・ボンナムさんだというのはご存知でしょう?」

「今回、手紙を受け取って知りました」

「そうでしたか。お二人はお付き合いしている仲だと思っていましたが、アンさんはお父さんについて何も言わなかったんですね」

僕は少しおもはゆかった。

「今は付き合っているとは言えませんが、以前もお父さんの話を聞いたことはありませんでした」

「残った最後の視覚的残影について説明していて、国風81の話が出たんです。当時はアン・ボンナムさんはまだ有名でした。そのアン・ボンナムさんが自分の父親だと言うので、私が、『今はどうされてますか?』と聞いたんです。アンさんは唾を飲み込んで躊躇してから、『家族を捨てて、家を勝手に売ったお金で愛人とアメリカに逃げてしまいました』

と言ったのです。だから私は言いました。『そんな。治療を受けなければならなかったはずなのに、愛人と逃げるような余力があったとは。芸能人だからお金もたくさんあったはずだから、もっとはやく治療を受けていたら』とつぶやいたんです。そうしたらアンさんが、それはどういうことかと聞かれて。『お父さんは視力を失いかけていたんです。知らなかったんですか』と言ったら、『どうしてそれをご存知なんですか？』と聞き返しました。だから言ったんです。『あの人の演技を見ればわかるじゃないですか。いくらコメディだって、目が見える人だったら、あんなふうに桂の木にぶつかったり、舞台から落ちたりしません。あんなに激しくぶつかったり落ちたりするのは、もう目の前がかなりぼやけていた状態だったと思いますよ』と」

イ館長が話をやめた。

「そうしたら？」

「そうしたら、アンさんから何の気配も感じられなかったんです。お話したように、私の前で誰かが話したり音を立てたりしなければ、まるで目の前にいた人が突然消えてしまったようにとまどってしまいます。だから、出て行ったのかと思ったんです。『そこにいますか?』と私は慎重に尋ねました。でも、何の返事もありませんでした。とても不安になって、手を伸ばしてみると、アンさんの顔に指先が触れました。真夜中、霧の降りた草の葉を触るのと似たような感覚でした。湿った声でアンさんが『えぇ、ここにいます』と言って、そうして顔の筋肉が動くのが私の指先にも感じられたんです」

13

一九八二年一〇月八日午後八時、二日後に開かれるライト級世界チャンピオン戦を前に、ロサンゼルスで国内線に乗り換えた韓国人七人は、ラスベガスのマッカラン空港に到着した。その韓国人一行は、試合に出るボクサーとコーチなどの関係者たち、国内プロモーター、ボクサーの後援者でもある某グループの若き会長と、彼が連れて来た分厚い黒ぶち眼鏡をかけた中年の男で構成されていた。空港で現地のコーディネーターが用意しておいたバンに乗って、街の目抜き通りザ・ストリップまで移動する間、カジノで遊ぶためにラスベガスに何回か来たことのある若い会長を除く全員が、ラスベガスがこんな街だとは想像したこともなかったという様子で、黙ってネオンサインがきらめく夜の通りを眺めていた。

ＵＣバークリーで金融工学を学ぶ留学生だという現地コーディネーターは、助手席に座ると体を後ろに向けて、彼の表現をそのまま借りると「まるで誰もが二日後の悲劇を予感しているように」異常なほど張りつめた雰囲気を変えようと、ラスベガスの歴史とザ・ストリップのホテルの特徴について説明し始めた。続いて、ラスベガスに来て大金をすってしまった芸能人や財閥二世たち、権力者や将軍たちについての噂話を披露すると、その凍りついた雰囲気は少しずつやわらいできた。興に乗った留学生は、若干の嘘をまじえて話を誇張し、人々は「それ本当？」とか「そんなばかな！」などといった合いの手を入れて留学生に応じた。

しかし、誰もが彼の話を聞いていたのではなかった。考えようによっては当たり前のことだが、試合を前にした、鋭い目をしてあごの尖ったボクサーは、グレーのフードをかぶってシートに背中をぴったりつけたまま、窓の外の華やかな照明ではなく、ぼやけたオレンジ色の室内灯を見つめていた。その選手の一つ後ろの席に座っていた中年の男もやはり、ただうつむいて下ばかり見ていた。会長が「あの後ろにいる人、本物のコメディアンなんだけど、君がそんなに話がうまいとあの人は商売あがったりだな」と言うのを聞いて、留学生は彼がコメディアンだということを知った。

「私は国を出てずいぶんになるので、有名な方だと知らなくて。後でサインをいただけますか。お名前は?」と留学生はしきりに話しかけた。しかし、そのコメディアンは自分が話しかけられているとは気づかずに黙って座っていて、会長に肘で突かれてからやっと「アン・ボンナムといいます」と口ごもりながら答えた。

「亀さん、亀さん、ラスベガスに来た感想は? 笑い事じゃないですか? ハッハッハ」

会長がまるまると太った体をひねり、コメディアンの方を見て言った。コメディアンは窓の外をちらりと見てから、ぼそぼそとつぶやいた。

「あ、明るくて、実に、いいですね」

「明るくて実にいいですね。ハハハッ」

まるで冗談でも聞いたように、会長は膝を打ちながら大笑いした。

「ラスベガスまで来たっていうのに、そりゃないだろう。明るくていいですね! うちのキム選手が試合前の緊張をほぐせるようにと思って特別にここまで連れて来たんだから。

月の国まで行って来たっていうのに、おいおい、コメディアンはまだ時差ぼけみたいだな。ハッハハ」

留学生は自分の話に反応しなかったその二人、二日後にそれぞれの運命と直面したボクサーとコメディアンを長い間忘れられなかった。それから二十三年後、学校を訪れて「一九八二年の一〇月一〇日、ラスベガスで何があったのか知りたい」と言った若い女に「デス・バレー《Death Valley》に行ってみてください。そうしたら、きっと何かがわかるはずです」と言う前のことだ。

その二日後、シーザース・パレスホテルで行われたタイトルマッチの結果は、多くの人が覚えているから改めてここで話す必要はないだろう。その試合は、週末に賭け事をするために何時間も車を走らせてラスベガスに来て、延々とカジノを楽しむアメリカ人にとっては、足の細い踊り子たちが繰り広げるカーニバルショーや、調教師を背中に乗せてモーターボートのように水上を進むイルカショーのように、つかの間のリフレッシュ効果のあるエンターテインメントにすぎなかった。だから、試合も軽いノリで終わらせればそれでよかった。さっさと試合の結果を見て、また賭け事をしたいのだから。一ラウンドで挑戦者が倒れてしまっては物足りないが、三ラウンドぐらいならそこそこ見ごたえがあった。

　しかし、いざ試合が始まると、挑戦者は簡単に試合を諦める気持ちはないようだった。試合は退屈なほど長引き、殴るチャンピオンも、殴られる挑戦者も、その残酷な試合をずっと見守っていた観客もみんな疲れ果てた。軽快に飛び出していた拳も徐々にそのスピードが落ち、踊るようにマットの上を動いていた二本の脚も重くなった。十ラウンドが過ぎた頃から、韓国という国から来た人々を除いては、みんな何かがおかしいことに気づき始めた。イルカショーのように始まった試合は、次第に悪夢に変わっていった。誰もが、挑戦者が倒れることだけを待ちわびていた。そして十四ラウンドで、東洋の小さな国から来た挑戦者はついにリングに倒れた。すでにふらふらになっていた頭から床に倒れこみ、開いた口から赤く染まったマウスピースが空中に飛び出した。リングを照らしていた照明は、挑戦者がこの世で見た最後の明るい光だったはずだ。

　その試合に賭けていた人たちが手にした配当金は多くなかったし、彼らは最初からそのことを知っていた。そう、それはショーにすぎなかったのだから。つまり、その試合に賭けた人の大部分が儲けたという話だ。にもかかわらず、その試合で大金をすった人もいた。

勝てないのなら死んで故国に帰ると言っていたその選手の言葉だけを信じて、五千ドルを挑戦者に賭けていた若い会長がその珍しいケースだった。でも、彼の経済的損失はそこで終わらなかった。ホテルの部屋に戻った彼は、こっそり持ってきた五万ドルがなくなっていることに気がつく。一行の中で百ドルの新札が五百枚あることを知っていたのは、金浦空港でその金を預けて自分の代わりに持ってこさせたコメディアンだけだったから、会長は三日間ずっとカジノにこもりきりで姿も見せなかった彼を探し出そうと、ザ・ストリップにあるホテルのカジノを隅々まで探し回った。

この二つの件で留学生は目が回るほど忙しかった。まず、挑戦者側の代理人さながらに外国人記者のインタビューに対応しなければならず、その一方では、会長にせっつかれて五万ドルを持って逃げたコメディアンの行方を探すためにラスベガス警察当局に届出も出さなければならなかった。ラスベガスでは大金を手に入れた人の金を奪って逃げる事件は珍しくなかったので、警察はそうした問題を解決するのには慣れていた。二日前、マッカラン空港に到着した韓国人たちは、その日の夜、脳死状態に陥った挑戦者と一緒に飛行機に乗ってロサンゼルスに発った。金を失くした会長も、それ以上滞在するわけにはいかず、一緒に帰るしかなかった。彼は五万ドルくらいカジノで消える金だからさほど気にはしないが、自分を裏切ったことだけは許せない、そのコメディアンを必ず捕まえろと留学生に言った。留学生にあと数日ラスベガスに残って捜査の進み具合をチェックして、必ず自分に報告してほしいと言った。もし、そのコメディアンが捕まったら、彼がいくら持っているかに関係なく、その金の半分を留学生にやると約束した。コメディアンが韓国から持ってきた金をすでにカジノで使い果たしたことを知っていた留学生は、会長の金まですってしまう前にコメディアンを捕まえなければならなかった。

しかし、コメディアンの盗んだ金は、賭け事には使われなかったことがすぐに明らかになった。翌朝、留学生はアメリカの警察官二人と一緒に、ラスベガスからロサンゼルス方面に二十五マイルほど離れた高速道路脇の砂漠に逆さまに埋まっているレンタカーを見に行った。途中の車内で警察は、そのレンタカーで発見された契約書類を留学生に渡しながら、試合会場で倒れた韓国人ボクサーの容態について尋ねた。韓国で当時すでに他人の手に渡っていた二階建ての洋風の家の住所と一緒に「BOM NAM AHN」という名前の書かれた書類を見ながら、留学生は「たぶん死んでいるだろう」と答えた。レンタカーはジョシュアツリーの間にひっくり返っていた。車の前部は月の風景のように荒涼とした砂漠の方を向いていた。レンタカーに五万ドルはなく、警察官たちは彼が高速道路を走る車をヒッチハイクしてラスベガスから抜け出したのだろうと推測した。留学生はレンタカーから砂漠の方に三歩ほど離れた所で、アン・ボンナムさんがかけていた眼鏡を拾いながら、どうもヒッチハイクしたようには思えないと言った。留学生はとても信じられないという表情で、朝日を受けて黄色く染まる砂漠を見つめた。警察官に、眼鏡をかけても近くがやっと見えるか見えないかだった人が、砂漠に向かって歩いて行ったに違いないとは、とても言えなかった。

14

僕たちは音響資料室に並んで座り、CDから流れてくる声に耳を傾けた。CDは彼女がビデオテープから録音した父親の声、例えば「地球の屈たちよ、さらばじゃ。我輩は月へ行く」とか「笑い事じゃないいんですって」といったギャグで始まった。次に、一九八二年にボクサーと一緒にラスベガスに行った人たちの証言が流れ始めた。何度かの不渡りを出し、再起しながら、詐欺の前科八犯の身分でソウルで個人タクシーを運転している「若き」、しかし今では頭も真っ白になってしまった会長、今も一〇月一〇日になると死んだボクサーの代わりに生前に彼が大好きだった牛カルビを必ず食べるというコーチ、留学から戻って母校の教授になったコーディネーターの証言が流れてきた。父親と関係のある話だからこそ、彼女は誰の声も編集しなかった。

そこには「こんなこと言っちゃあ寂しく思われるかしらんがね、あなたのお父さんはわしの仇だ。あの時からわしの運は本当に悪くなったんだから」とか、「いたよ。チャン会長が連れてきたんだ。それが全部さ」などといった声だけでなく、機械の作動に伴う雑音、遠くから聞こえてくる会話、急いで通り過ぎる足音、開いたとたんに閉まるドア、長い間鳴り続けている電話のベルなどがそのまま録音されていた。時々、何の音も聞こえないこともあった。そういう時、イ館長と僕はじっと座って、また誰かの声や周囲の音が聞こえてくるまで待たなければならなかった。そうしている間に、窓のブラインドは暮れていく夕陽で黄色く染まり、路地で遊んでいた子どもたちの声は少しずつ遠のいていった。僕は、続いては切れて、再び続いては途切れる人々の声に、そこはかとない孤独を感じた。両目を閉じてその声に耳を傾けて、僕はイ館長に「灯りを消してもいいですか?」と聞いた。点字式の腕時計についたボタンを押しながら「あれ、部屋の中は暗いのですか?」とイ館長は僕に、聞き返した。時計に内蔵された女性の声が「ただいまの時刻は午後六時三十五分です」と告げた。「いや、灯りはついています。消してもいいかとうかがったのです」と言う僕に「私にはなんの関係もありません」とイ館長は答えた。

僕は立ち上がって部屋の灯りを消した。まだ光がまばらに残る暗闇が部屋に広がった。声は、二十四年前にラスベガスで五万ドルを持って消えたコメディアンについて、時に雄弁に、時にはなかなか思い出せないというふうに、時には今も怒りを抑えられずに、あるいは今も混乱しているといった様子でぽつりぽつりと証言していた。僕はじっと座ってCDプレーヤーのアンプとコンソールの光などを見ていて、ほどなく両目を閉じた。眠気を感じ始めた頃、初めて彼女の声が聞こえてきた。二〇〇六年一〇月八日、彼女は車を借りて一人でラスベガスに向けて出発したと言った。運転席に座った彼女は、自分が走っている道路の番号と必ず通らなければならない街の名前をつぶやいた。五八〇号線を進み五号線でベーカースフィールドから五八号線へ、モハビを経てバストウから一五号線に。CDにはバークリーからラスベガスへ向かう八時間、彼女がレコーダーをつけては消す痕跡がありのままに残っていた。僕は淡々とした彼女の声と声の間に車のエンジンの音、つけていたラジオの音、窓をかすめる風の音、彼女の咳払いを聞いた。僕はまっすぐに伸びた道の左右に広がる砂漠を、夢のようにやわらかく上がったり下がったりする道路の起伏を、開けていた窓から入ってくる空気の冷たさを感じた。僕はある日砂漠で失踪した一人の男の孤独を、その男を理解するために砂漠に向かって走っていく一人の女の欲求を、そしてその男とその女が見るであろう砂漠の光と闇、熱気と冷気、孤独と悲しみを聞いた。

再びレコーダーを消して、つける気配がした。はるか遠くから車が一台走ってくる音が聞こえたと思ったら、すぐに、近づいてきたスピードそのままに僕らから遠ざかった。車の音が消えると、室内はふいに静かになった。最初とは少し違った種類の静寂が訪れた。誰かが低く口笛を吹いている音のようでもあり、五百メートルほど離れたところで波打つ音のようでもあり、コヨーテが暗闇に向かって吼える声のようでもある風の音が聞こえた。ずいぶんと長い間、退屈なほど長く風の音が続いた。彼女は今どこにいるのだろうという疑問がわいた頃、彼女の声が突然「今、見えますか？」と聞いた。その声は湿っていた。しかし、彼女の声はそれが全部で、十五分近く規則的にマイクをかすめる風の音だけが続き、あるところですべての音が消え去り、僕たちは暗闇と沈黙の中に座っていた。

ＣＤは止まっていて、両側のスピーカーからは何も聞こえなかった。僕たちは微動だにせず座っていた。しばらく経って、「どうやら」と言いながらイ館長が口を開いた。

「もう一度聴いてみるほうがいいでしょう？」

「そうですね。館長は何か見えましたか？」

「それはともかく、もう一度聴いてみましょう」

僕は両目を開け、ソファから立ち上がってＣＤプレーヤーの方に歩み寄り、再生時間が表示されている部分の数字を見て倍速巻き戻しボタンを押した。何度か試行錯誤して、僕は彼女が一人でラスベガスに向かって出発する部分を探し出した。彼女はもう一度五八〇号線を行き五号線に、ベーカースフィールドから五八号線に、モハビを経てバストウから一五号線に乗り換えてラスベガスに到着した。そして風の音が退屈なほど続いているところに彼女が現れて、「今、見えますか？」と尋ねた。

僕は規則的に聞こえてくる風の音に耳を傾けた。暗闇と沈黙の中で夜の砂漠、そして転覆事故で眼鏡をなくしてしまった一人のコメディアンの姿が見えるまで。始まりも終わりもない広大な砂漠に一人残ることになった彼が、辺りを見回しながら最後に明るい光の世界に向かって歩いていく姿が見えるまで。彼が歩いて行く道の遠い地平線から砂漠本来の輪郭がはっきりと現れるまで。彼がその明るい道を歩いて行き、ついにたどり着くことになるその丸い円が浮かび上がるまで。

「あぁ、これは満月ですね。そうでしょう？」

今度は目を閉じないで僕はつぶやいた。イ館長からはなんの返事もなかった。僕は一人でどこまでも明るくてまぶしい満月を正面から見ていた。そこには僕一人だけだった。

1【忠州湖】忠清北道にある韓国で最も大きい湖。渓谷をせき止めてつくったダム湖で、周辺の忠州湖リゾートは韓国随一の湖畔観光地となっている。

2【ハ・チュンファ】トロット（韓国の演歌）歌手。

3【イ・ジュイル】コメディアン。一九八〇年代に「ぶさいくでスンマセン」などの流行語で人気を博し、「コメディの皇帝」と呼ばれた。

4【Susie Q】七〇～八〇年代に人気だったポップソング「Susie Q」の前奏部分に合わせた特有のダンス。

5【クェジナチンチンナネ】慶尚地方の民謡。音には特に意味がない。

6【ペ・サムリョンやナム・ボウォン、ク・ボンソやイ・ギドン】六〇年代後半にデビューし、七〇～八〇年代にかけて、テレビや舞台でのコントの延長的な軽喜劇で一世を風靡したコメディアンたち。

7【国風81】一九七九年の粛軍クーデター（12・12軍事反乱）と一九八〇年の光州事件（5・18光州民主化運動）の武力鎮圧を経て権力を執った全斗煥の第五共和国政府が、光州事件一周年を迎え起きる反政府の動きを事前に遮断しようと、一九八一年汝矣島で「国風81」という大規模文化行事を開いた。

8【イ・ジェハ】小説家・詩人。一九五六年に童話で登壇。絵画的な文体と詩的な技法で「幻想的リアリズム」の作家と呼ばれ、独自の世界を構築した。主な作品に『草食』『旅人は道の上でも休まない』など。

9【一〇・二六事態】一九七九年一〇月二六日に朴正熙大統領が殺害された事件。

僕は、他者を理解することは可能だ、ということに懐疑的だ。僕たちは多くの場合、他者を誤解している。君の気持ちはよくわかる、などと言ってはならない。それよりも、君の言わんとすることすらわからない、と言うべきだ。僕が希望を感じるのは、こうした人間の限界を見つける時だ。僕たちは努力をしなければ、互いを理解することはできない。愛とはこういう世界に存在している。従って、誰かを愛するのであれば、努力しなければならない。そして、他者のために努力するという行為そのものが、人生を生きるに値するものにしてくれる。だから、簡単に慰めたりしない代わりに簡単に絶望もしないこと、それが核心だ。

しかし、簡単に慰めず、簡単に絶望しないことなど本当に可能なのだろうか？それが可能だと思えるのは、僕たちの内側に、燃え立つ炎があるからだ。内側から燃え上がる、しかしながら外側の炎がなければそもそも燃え上がらなかったであろう、そんな暖かい炎。本書の出版にあたり、順に読んでみるまで、僕自身こんな小説を書くだろうとはまったく思ってもいなかった。今になってやっと、これらの作品が、炎から生まれた小説、波及していく小説、影響を与え合う小説であることに気がついた。

本書には、そんなふうにして、外側の炎、つまり外部の事柄から受けた影響がありのままに反映されている。例えば、どんな影響を受けたのかを列記してみる。

表題作「世界の果て、彼女」は、日本のユニット world's end girlfriend からタイトルを取った。しかし、小説自体はスペインのバンド La Buena Vida の〈La Mitad De Nuestras Vidas〉を聴きながら書いた作品だ。「記憶に値する夜を越える」のタイトルは、キ・ヒョンド（訳注：一九六〇年生まれ。大学在学中の八〇年から詩を発表しはじめ、八五年に本格的に詩壇にデビューした。そのわずか四年後、二九歳で急死。幼少時代の憂鬱な記憶や都市に暮らす人々の姿を見つめ、独創的かつ個性的な詩は、九〇年代の若者たちに愛された。遺稿詩集として『口の中の黒い葉』『短い旅の記録』など）の詩からインスピレーションを得たものだ。

「月に行ったコメディアン」は、ラスベガスで道に迷って、シーザース・パレスホテルの看板を偶然目にした時に思いついたもの。また、「君が誰であろうと、どんなに孤独だろうと」は、メアリー・オリバーの詩「野生の雁」に影響を受け、こうした物語となった。

最後は、また炎について話そう。「君たちが皆、三十歳になった時」は、二〇〇九年一月に目にした、もう一つの炎（訳注：龍山惨事のことを指す。38ページ訳注6参照）について書いた小説だ。このように、本書に収められた短編は、これといった特別なきっかけなしに、なんらかの影響を与え合う中で自ずと生まれた作品だ。僕の外側の世界で炎が燃え立つのを目にした時、僕の内側でも炎が燃え立ったとしか説明のしようがない。だから、この小説を書いていた二〇〇七年から二〇〇九年までの時間は、僕にとって、炎が燃え上がっていた時期と言えるだろう。僕にそういうことが起きたのならば、きっと同時代を生きるあなたにもそんなことがあったのではないだろうか。波紋が広がるようにしてさまざまな影響を受けた作家の炎が、孤独に燃え上がっていたある一時期。簡単に慰めない代わりに、簡単に絶望しない。これは、何かを否定するのでもなければ、何もしないという意味でもない。つまり、僕らの顔が互いに似ていくだろうと、同じ希望や理想を思い描いているであろうと信じる、嘘みたいな神話のような話なのだ。それでも、僕らが同じ時代を生きているという理由だけで、この神話のような話は僕を魅了する。

キム・ヨンス

訳者あとがき

「今、韓国でもっとも注目されている若手作家」「韓国現代文学をリードする期待の星」と評されてきたキム・ヨンスも、デビューからはや二十年が過ぎた。これまで多様なスペクトラムの作品を数多く発表してきた著者だが、今ではその圧倒的な人気と共に文壇の中心的役割を担っている。

韓国で新世代文学と呼ばれる、一九六〇年代後半に生まれて、九〇年代にデビューし、現在活躍している作家たちは、既存の政治的イデオロギーの影響が色濃い民族文学が焦点を当てることの少なかった、個人の視点に光を当てて韓国文学の新しい時代を切り開いてきた。キム・ヨンスは七〇年生まれだが、ぎりぎりこの世代に当てはまり、よい意味での軽やかな感受性と文体、繊細な感覚表現で主に若い読者層を中心に支持されている。日常のごくありふれた素材を通じて微妙な感情の揺らぎを描きだし、切なさや共感を呼び起こすことに成功しているのがその要因といえよう。

とは言え、人気若手作家にありがちな、瑞々しい感性にあふれた切ない作品ばかりではない。彼ならではのアプローチで、韓国ならびに朝鮮の歴史をモチーフにした作品を発表している点にも注目しておきたい。そうした作品には朝鮮戦争を題材にした『不能説』、一九三〇年代の満州を舞台にした『夜は歌う』などがある。

あくまでも人間にスポットを当てて歴史を見つめるキム・ヨンスは、「韓国、日本、中国がお互いを理解する上でも、歴史を通じてではなく、各個人の肉体や感情、気持ちを通じて初めて三国の人たちは互いに理解しあえると思う」と語る。歴史事件を扱う際に、韓国国内の視点だけでなく、三つの国の観点をそれぞれ理解しようと努める姿勢も、彼の探る、今の時代の「疎通」の可能性への第一歩と言えるかもしれない。

そしてこの「疎通」こそが、キム・ヨンス作品を語る重要なキーワードとなる。ここで言う「疎通」とは、日本語でいうところの意思疎通のみならず、互いに理解しあう、通じあう、心を通わせる、またそのための姿勢と努力といった、より深い言葉と心のコミュニケーションを指す。

「著者の言葉」にもあるように、人と人とが理解しあうことについて懐疑的なキム・ヨンスが、小説を通して読者との「疎通」を試みたのが本短編集と言える。互いに理解しあうことなど不可能だと思いながらもそれについて書き続けるのは、「疎通」の可能性を信じること、「簡単に慰めない代わりに簡単に絶望もしない」所以であろう。そして、読み手も、登場人物たちと同じくらい傷つき、また誰かとつながりたいと切に願っていたことに気づかされた時、著者と読み手は通じあい、「疎通」が成立すると言えるのではないだろうか。

彼の物語は、時に繊細な感性で、時に青臭く雄弁な文章で、そして何より最後まで揺るがない優しさで、私たちを慰めてくれる。わかりあえなくたっていい、わかりあえないということさえ、お互いにわかっていれば、と。

短編集『世界の果て、彼女』の原書には、ここに収めた作品のほかに「皆に幸せな新年」「ケイケイの名を呼んでみた」の二編が収録されている。この二編は『いまは静かな時―韓国現代文学選集―』（トランスビュー・二〇一〇年刊）に訳出されている。

翻訳支援を頂いた韓国文学翻訳院、温かいサポートと的確なアドバイスを与えてくださったクォン社の金承福社長、編集の藤井久子さん、作品理解を深めさせてくれたパク・アネスさん、ならびに本書の制作・出版にご尽力いただいたすべての方にこの場を借りて心よりお礼申し上げます。

二〇一四年一月

呉永雅

キム・ヨンス（金衍洙）
1970年、慶尚北道生まれ。成均館大学英文科卒。
93年、「作家世界」で詩人としてデビュー。
翌年に長編小説「仮面を指して歩く」を発表し、高く評価されて小説家に転じる。
『グッバイ、李箱』で東西文学賞(2001年)、
『僕がまだ子どもの頃』で東仁文学賞(2003年)、
『ぼくは幽霊作家です』で大山文学賞(2005年)、
短編小説「月に行ったコメディアン」で黄順元文学賞(2007年)を受賞、
新時代の作家として注目されてきた。
2009年「散歩する人々の五つの楽しみ」で韓国で最も権威ある李箱文学賞を受賞。
韓国文学を牽引すると同時に、若者たちを中心に熱烈な支持を得る人気作家である。
小説のほかエッセイ『青春の文章』『旅行する権利』『私たちが一緒に過ごした瞬間』、
作家・キム・ジュンヒョクとの共著『なすすべもなくハッピーエンド』なども
多くの読者を獲得している。
邦訳に、『ワンダーボーイ』(きむ ふな訳、クオン)、
『夜をうたう』(橋本智保訳、新泉社)、『ぼくは幽霊作家です』(同) がある。

呉永雅（オ・ヨンア）
翻訳家。在日コリアン三世。慶應義塾大学卒業。
梨花女子大学校通訳翻訳大学院博士課程修了。
2007年、第七回韓国文学翻訳新人賞受賞。
梨花女子大学校通訳翻訳大学院講師、韓国文学翻訳院翻訳アカデミー教授。
訳書にウン・ヒギョン『美しさが僕をさげすむ』（クオン）、
チョ・ギョンナン『風船を買った』(同)、イ・ラン『悲しくてかっこいい人』（リトルモア)、
ハ・テワン『すべての瞬間が君だった』（マガジンハウス)、
パク・サンヨン『大都会の愛し方』（亜紀書房)、『続けてみます』（晶文社） がある。

世界の果て、彼女
新しい韓国の文学10

2014年3月6日　初版第1刷発行
2021年4月20日　第2刷第1刷発行

〔著者〕キム・ヨンス（金衍洙）
〔訳者〕呉永雅（オ・ヨンア）
〔編集〕藤井久子
〔校正〕嶋田有里
〔ブックデザイン〕寄藤文平＋鈴木千佳子（文平銀座）
〔カバーイラストレーション〕鈴木千佳子
〔DTP〕アロン デザイン
〔印刷〕藤原印刷株式会社

〔発行人〕永田金司　金承福
〔発行所〕株式会社クオン
〒101-0051
東京都千代田区神田神保町1-7-3 三光堂ビル3階
電話　03-5244-5426
FAX　03-5244-5428
URL　http://www.cuon.jp/

ISBN 978-4-904855-21-8　C0097

10 世界の果て、彼女
キム・ヨンス著 / 呉永雅訳

11 野良猫姫
ファン・インスク著 / 生田美保訳

12 亡き王女のためのパヴァーヌ
パク・ミンギュ著 / 吉原育子訳

13 アンダー、サンダー、テンダー
チョン・セラン著 / 吉川凪訳

14 ワンダーボーイ
キム・ヨンス著 / きむ ふな訳

15 少年が来る
ハン・ガン著 / 井手俊作訳

16 アオイガーデン
ピョン・ヘヨン著 / きむ ふな訳

17 殺人者の記憶法
キム・ヨンハ著 / 吉川凪訳

18 そっと 静かに
ハン・ガン著 / 古川綾子訳

19 ショウコの微笑
チェ・ウニョン著 / 吉川凪監修、牧野美加・横本麻矢・小林由紀訳

20 黒山
金薫著 / 戸田郁子訳

21 死の自叙伝
金恵順著 / 吉川凪訳

クオンの「新しい韓国の文学」は、
韓国で広く読まれている小説・詩・エッセイなどの中から、
文学的にも高い評価を得ている現代作家の
すぐれた作品を紹介するシリーズです。

*
好評既刊
*

01 菜食主義者
ハン・ガン著 / きむ ふな訳

02 楽器たちの図書館
キム・ジュンヒョク著 / 波田野節子、吉原郁子訳

03 長崎パパ
ク・ヒョソ著 / 尹英淑・YY翻訳会訳

04 ラクダに乗って
シン・ギョンニム著 / 吉川凪訳

05 都市は何によってできているのか
パク・ソンウォン著 / 吉川凪訳

06 設計者
キム・オンス著 / オ・スンヨン訳

07 どきどき僕の人生
キム・エラン著 / きむ ふな訳

08 美しさが僕をさげすむ
ウン・ヒギョン著 / 呉永雅訳

09 耳を葬る
ホ・ヒョンマン著 / 吉川凪訳